71번째 소개팅

71번째 소개팅

ⓒ 묵곰, 2026

초판 1쇄 발행 2026년 4월 21일

지은이   묵곰
펴낸이   이기봉
편집   좋은땅 편집팀
펴낸곳   도서출판 좋은땅
주소   서울특별시 마포구 양화로12길 26 지월드빌딩 (서교동 395-7)
전화   02)374-8616~7
팩스   02)374-8614
이메일   gworldbook@naver.com
홈페이지   www.g-world.co.kr

ISBN   979-11-388-5732-1 (03810)

71 번째 소개팅

묵곰 지음

지극히 평범한 현실 청년 '한지철'의 상념 일기
반복되는 관계 속 미묘하게 서글픈 성찰의 기록

좋은땅

들어가며

밤엔 꿈에서 날고 아침엔 바닥을 기어다니는 지극히 평범한 현실 청년 1입니다. 자신이 매우 객관적이라고 믿지만, 그저 자기만의 세계에 빠져 있는 괴짜 특수인이 기도 합니다. 뇌 과학은 모르지만 도파민을 찾아다니는 콜렉터인 것도 같습니다.

10초 남은 초록불 카운트에서 뛰지 않을 삶의 여유, 어느 날 올려다본 하늘의 구름 모양을 기억하게 될 뇌 공간의 여유를 좋아합니다. 그 여유 속에서 드는 미개한 생각들이 사물과 현상에 투영되는 것은 흥미롭습니다. 더불어 그 사물과 현상이 만들어 내는 새로운 부차 상념은 나름대로 생산적입니다.

위대한 초현실의 원리나 고고한 인간 철학은 잘 알지도 못할 뿐더러 앞으로도 알 일이 없을 것 같습니다. 다만, 소박한 삶 안에서 만들어지는 모든 미묘한 생각들에 생동을 부여하고자 합니다.

이 글은 제가 쓰는 글이 아닙니다. '한지철'이라는 청년이 71번의 소개팅 여정을 거쳐 느꼈던 모든 '관계', '자아', '군상' 그리고 '평범하고 일반적인 삶'에 대한 성찰과 분투입니다. 그에게 동조하기도 하고, 그를 비난하기도 하면서, 동시에 연민을 느끼기도 할 것입니다. 또한 그 상황에 이입하거나, 개별 환경을 탓하면서, 동시에 사회 구조를 원망하기도 할 것입니다. 173cm, INFP, 지방 출신, 공기업, 게임과 헬스를 좋아하는 그저 투박하고 소심한 남정네. 그의 생각을 훔쳐보는 것으로 각자의 일상적 세계관이 창출되는 것을 소망합니다.

2025년 어느 여름, 문영종

목차

휴지통

제 아무리 끌려온 홍콩이라도, 소호 거리는 알록달록하고 요망하다. 습기 품은 벽화가 뿜는 재즈 선율은 우리의 불협을 잠시 덮는 듯하다. 빵의 매력이 뭔지 잘 모르는 나지만, 타이청의 에그타르트는 오묘하게 달달하니 꽤나 먹을 만하다. 표면의 크러스트가 속절없이 부서지는 것은 꽤나 달콤하게 위태롭다. 마카오 베네시안의 휘황과 찬란은 커리어와 금전에 대한 열망을 다소간 자극하기도 한다. 뭐든 될 수 있을 거란 근거 없는 자신감이 속박감을 배가시키니, 곧 알을 깨고 나가고 싶어질 뿐이다.

홍콩에서 마카오까지 깔깔거리며 들어간 정연이와 나는, 하루 뒤 꽤나 흑조로 변한 낯빛으로 페리 앞좌석만 응시하며 고단히 다시 홍콩으로 복귀한다. 방향만 달리한 똑같은 배가 유독 느린 것은 단지 돌아가기 싫어서만은 아닌 것 같다. 돌아가는 길의 공기가 왠지 좀 더 뿌옇지만 먹구름은 보이지 않는다.

"오빠, 핸드폰 좀 줘 봐. 나 못 나온 사진 좀 지우게."

핸드폰을 건네는 것이 당당했던 까닭은, 이미 출발 전에 옛 연애 사진과 같은 쓸데없이 너저분하거나, 정연이가 보면 안 될 사진들을 싸그리 지워 뒀기 때문이다. 호기롭게 넘겨 주고 선잠에 든다. 도착시간 10분 전인 1시 11분에 깨어 본 정연이의 얼굴에 어둡고 텁텁한 것이 사라졌다. 사진이 잘 나왔나 보다.

"오빠, 아이폰 처음 써 보지? 이거 사진 바로 안 지워져. '최근 삭제된 항목' 있잖아."

1시 11분에 본 정연의 얼굴은 텁텁함 대신 상기로 가득 차 있던 것이고, 굳은 창백함을 희멀건 미소로 오인한 것도 그저 내 멋대로다. 다만, 주체적 인식이 매우 위대한 것은 인간이 교묘하고 기막힌 합리화의 동물이기 때문이다. 총망라된 한지철의 연애 패키지를 세계 훑은 정연이 걱정되기보다도, 오히려 나의 스탠스를 먼저 결정하는 데 두뇌를 가동한다. 이별의 기회를 포착한 나는 이내 언짢은 느낌을 표출하며, 귀국행 대기 라인에 선다.

둘은 4시간 동안 한마디도 하지 않는다.

　1년 전 정연이를 마중 나왔던 인천공항 우리은행 앞에서, 이젠 이별의 술수와 묘책을 고려하고 있는 꼴이라 하니, 같은 사람과 풍경이 놀랍도록 반대로 펼쳐지고 흘러가는 것은 묘한 일이다. 방어기제로 가득한 내 머리에는 무척이나 영특한 자존감 지킴이가 있는데, 그 친구는 나를 지켜 주면서도 상대에게 똥 같은 치명상을 입히곤 한다. 그는 오롯한 나의 수호천사다.

　내 수호천사는 평소 정연이의 통제적 성향과 무심함을 이별 사유로 꺼내 들고는 마구 휘두른다. 결국 아이폰의 휴지통(?) 기능 덕에 정연이는 '멋지고 야무진 커리어 우먼'에서, '상대를 통제하기 바쁜 알력가'로 전락한다. 곧내 전화번호부에서 가장 사랑스럽고 휘황찬란했던 정연의 별명은 그저 '최정연'이 되었다가, 끝내는 흔적 없이 사라져 버렸다. 호감의 발원이었던 정연이의 강단과 분별, 상대의 매력과 장점이 손바닥 뒤집듯 헤어짐의 사유가 되어 버린다. 탓할 것을 찾으면 마음이 편하다.

방어기제는 지독하게 이기적인 공격성을 품는다. 상대를 폄하하거나 미화하는 기술, 추억을 보정하거나 미래를 포장하는 것 또한 오롯이 나를 위함이다. 최선의 방어가 곧 공격이듯, 나는 공격적으로 과거, 현재, 미래를 통솔한다. 전지전능함은 그리 멀리 있지 않다. 현재의 이별은 아이폰의 휴지통 탓이고, 곧 이 과거는 그저 알찬 경험이나 좋았던 추억으로 보정될 것이며, 어차피 나에겐 지금보다 나은 미래가 기다리고 있다. 콕 집어 휴지통에 버린 사진들 덕에 이내 홀가분해진다. 이 얼마나 멋진 삶인가.

기억은 곧 선택이다. 같은 사실을 보고 선택적으로 기억하는 것은 일종의 본능이다. 1시 11분과 4시 44분 따위의 시간들을 보고 신기해하는 것은 선택적 기억의 효율 또는 우매함이다. 나는 8시 19분인 지금도 시계를 보았으며, 자기 전 10시 42분에도 시계를 봤을 터이다.

기억의 선택에 '긍정의 칩'을 삽입해 보면 그 우매함이 조금은 중화된다. 4시 44분을 보고 호되게 재수없다고 생각하는 것이 아니라, 1시 11분을 보고 그저 앙증맞은 순간이라고 생각하면 된다. 대부분의 것은 인식 안에서 주체적으로 통제된다. 그날의 이별도 그저 멋들어진 미래의 발판이었다고 생각하니, 한결 숨 쉴 만하다.

#형석이에게 전화가 온다.

"형, 헤어졌다며? 소개팅 해 줘? 형 정도면 괜찮을 거 같긴 한데… 근데 그 구디구디병은 조심해. 그런 게 있어."

제한된 과거를 향하는 기억이 선택적이라면, 무궁한 미래를 향한 가능성도 선택할 수 있지 않을까? 소개팅이 어떤지도 잘 모르겠고, 구디구디는 당최 뭔지 모르겠지만, 희망회로에 전류를 찰싹 붙여 본다. 선택과 결정을 곧 전능하게 포장할 수 있을지 어른들의 시장으로 한번 가 보련다.

각축전

　# 이 시장에 들어올 수도 없고 들어올 필요도 없었던 나의 물러터진 미완을 예찬한다. 오히려 준비되지 않은 놈이 가진 무모한 치기라고 생각하면 괜히 멋져 보인다. 진학, 취업, 시험, 계발 따위를 왜 꼭 단계적으로 이뤄 냈어야 했는지 못내 원망스럽다.

　똑똑하거나 극성인 부모일수록 자식의 행복을 체계화한다. 좋은 대학에 진학하면 좋은 회사에 취업할 수 있고, 좋은 회사를 다니는 '예쁜' 내 딸은 각축의 시장에서 우위에 있으니 좋은 남자를 만나 좋은 결혼을 할 것이다. 그렇게 결혼식장에서 행복한 딸의 모습이 완성되면서 못다한 책무와 부채가 희미해지는 동시에 오롯이 자신을 위한 제3의 인생을 새로이 설계할 수 있다.

　나의 부모님이 극성이었는지는 모르겠다. 다만, 그들이 준 가이드라인은 흰 점선 아닌 실선이었고 탈선은 하기 어렵도록 교육받았다. 꼭 두 줄의 노란 선이 아니더라도 굳이 넘어가고 싶지 않았던 것은 내 소심한 천성이기도 했을 것이다. 적당한 대학에 진학을 하고, 적당히 공부해 적당한 자격을 갖추어 적당한 회사에 취업하고, 그저 적당하게 산다.

92년생, 173cm. 외국어고등학교, 경영학 전공, 공기업 기획팀 대리. 토익은 만점이지만 영어라면 게임 치트키밖에 써 본 적이 없고, 게임을 좋아하지만 밖에서는 책과 영화를 좋아한다고 수줍지만 하찮은 거짓말을 한다. INFP지만 회피형은 아니라고 말하는 금천구 자취남. 대략 30년간 완성한 나의 스펙. 더 나아갈 것도 없이 여기서 허무하게 멈춰 버린 몇 글자의 스펙을 가지고 서로 잘났다고 뽐내는 각축의 세계로 진입한다.

금융권에 다니는 3살 연상인 여자를 만나러 샤로수길에 간다. 사진을 보지 않은 이유는 있다. 막역한 수현 선배의 부탁은 거절하기 어려운 것이고, 어차피 할 거라면 쓸데없는 기대감은 불필요한 에너지 소모이기 때문이다. 못 나온 사진이면 그것대로 싫을 것이고, 실물보다

잘 나온 사진이라고 한다면 괜한 실망감에 하루를 망칠 수도 있다.

샤로수길은 왠지 심드렁한 것이 와 볼 일이 없었지만, 상대는 꽤나 친근한 동네인 듯 빠르게 적당한 카페와 숨은 전통주 바를 추천했다.

나이를 핑계로 한번 슬쩍 이끌려 가 본다.

나무 향 가득히 다방처럼 꾸며 둔 어떤 카페에 들어섰을 때 홀로 앉아 있는 여성이 세 명가량 포착된다. 사진을 보지 않았으니 얼굴을 알아볼 수 없고, 어쩔 수 없이 대뜸 전화를 걸어 본다. 족히 5살쯤은 어려 보이는 친구(?)가 허연 미소로 '여보세요'를 크게 외친다. 시그널처럼 시공간이 뒤틀린 것이 아니라면 분명 저 분(?)이 맞을 수밖에 없다. 얼굴뿐 아니라 온통의 매무새를 하얗게 칠한 원피스. 눈(snow)과 눈(eye)으로 하여금 보호본능을 자극하는 패션이 인상에 남는다.

\# 승희 님의 질문은 야바위처럼 매우 잽싸고 모호하게 전개되는 것 같지만, 일반인이라면 누구라도 그 의도를 파악할 수 있다.

"자취해 보신 적 있으세요? 저는 대학이 이 근방이었어서 쭉 이 동네 자취했어요!"

"네, 저도 자취를 꽤 오래 했습니다… ㅎㅎ."

"아, 그러면 이십 대 초반부터요? 어느 동네에서요?"

"스무 살부터 왕십리에서 쭉 하다가, 최근에는 직장 근처 금천구 쪽으로 와서 살아요~"

아마 원하는 답이 되었을 것이다.

한두 글자 조건을 가지고 혈전을 벌이는 냉혹한 이 시장이지만, 어떠한 정량 조건은 현장에서 대놓고 묻기 힘들다는 점에서 때로는 인간적이다. 소개 시장에서 '자산', '연봉', '출신 대학' 등 왠지 묻기 불편하지만 가점이 될 지표들은 주선자가 먼저 슬쩍 흘리는 것이 센스다. 내 스펙은 과연 어떻게 표현되었을까? 넌지시 묻는다.

"어디까지 듣고 오셨어요…?"

(얼마까지 알아보고 오셨는지요…?)

"아, 지철 씨 공기업 다니고 거제도 출신이시라 들었어요. 아 그리고 경기도에 자가도 있으시다고 수현이가 얘기해 주던데요? ㅎㅎ.

그리고, 금융권 사람들은 집을 사는(buy) 곳이 아니라, 사는(live) 곳으로 보는 사람한테는 투자 안 하거든요. 지철 씨한테 그 집은 안식처예요? 아니면 어떤 의미예요?"

난생 처음 '총점제'라는 개념을 알게 되었다. 연봉(+20), 키(-10), 학력(+30), 자산(+40) 등등 주요 지표를 총합하여 일정 점수 이상이면 만나 볼 의향이 잡힌다는 것이다. 승희 님 본인은 '총점제'라고 하고, 이에 대비되는 '과락제'의 개념을 알려 준다. 이성을 계산하는 방식도 투명하게 오픈하는 솔직한 누님, 의도가 보이도록 대뜸 질문하는 누님이 마냥 싫지만은 않다.

원색 인테리어가 눈에 띄는 전통주 바에 나란히 앉는다. 모든 것은 서울대 나온 로컬 누님께서 알아서 주문해 주시니 앉아서 나는 질문에 대답하면서 음식 한 입 들어갈 때마다 '맛있다. 맛있다.'를 연이어 읊조리면 된다. 우렁이쌀 청주가 두 병 정도 비워진다.

"지철 씨도 책 좋아하세요? 어떤 책이요?"

수현 누나가 봉지를 질소 포장했나 보다.

"저, 폴 칼라니티의 『숨결이 바람 될 때』라는 책 제일 좋아해요."

심연 저편 5년 전에 읽은 책을 끄집어 겨우 응수한다.

"오! 다음에 한 번 읽어 볼게요. 지철 씨 참 뭐 하나 빠지는 게 없네요?"

투명한 누님은 장장 3시간에 걸쳐 총점 계산을 끝냈나 보다.

물리 현상에 작용과 반작용이 있듯, 상대의 발화에 우리는 의견과 감정을 갖는다. 나아가 감정을 토대로 또 다른 발화를 하며, 그것이 식지 않고 흥미롭게 흘러가는 경우를 핑퐁, 랠리, 티키타카라고 표현한다.

승희 님에 대해 궁금해진 시점이 아예 처음부터였는지, 솔직 담백한 카페에서의 인터뷰 순간이었는지, 시음하며 총점을 계산하는 순간이었는지, 종래에 총점 계산이 완료된 순간이었는지, 다시 복기할 수 없지만 어느 순간부터는 감정 랠리가 시작된 것 같다. 그렇게 믿어야 할 불가항력의 외압 또는 내압이 느껴진다.

'피부과는 어디 다니는지', '하얀색은 왜 좋아하는지?',

'산이 좋은지 바다가 더 좋은지?', '해산물은 좋아하는지', '무슨 운동을 하는지?', '어릴 때 어떤 게임 했는지?'

위 같은 질문들이 정량 지표인지 정성 지표인지, 총점제를 위함인지 과락 평가를 위함인지 알 길도 없고 알고 싶지도 않지만, 분명한 것은 '묻고 싶다'라는 내심의 의사다. 나의 호감은 대체로 사후 반작용이다.

하얀 얼굴과 옷에 더불어 뇌리에 남은 하얀 표정 덕에 갈아탈 구로디지털단지역을 두 정거장이나 지나쳐 다시 돌아온다. 귀갓길의 묘한 쾌감과 호감의 반작용이 과연 오르지 못했을 것 같은 나무에 올라서 느낀 만족과 성취감 때문인지, 애초부터 나에게 꼭 맞는 나무를 만나 느낀 행복과 희열감이었는지 알 수가 없다. 타인이 보는 세상, 즉 소위 말하는 객관의 세상에서 과정은 썩 중요치 않다. 나는 각축전에서의 승전보를 당장 부모님에게 전할 계획을 한다.

현관문을 열고 지니(기가지니)를 불러 TV를 켜는 동시에 카톡이 울린다.

"지철 님! 담주 일요일에 영화 보는 거 내가 예약할게!"

언제 지철 씨에서 지철 님이 되었을지,

곧 그냥 John이 되고, 언젠가 여보자기철철이(?)가 되는 발칙한 상상도 해 보면서,

KT멤버십을 열고, 드디어 VIP 포인트를 쓰게 되는 설렘을 가동한다.

강수 확률

요새는 비행기에서도 와이파이가 된다지만, 구름 위에서까지 지면 세상의 번뇌를 이어 가고 싶지 않을뿐더러, 잠시간의 단절이 밀당에는 더 좋을 것이란 마음으로 굳이 이용하지는 않는다. 5시간 30분가량의 단절과 백색 소음이 승희 님과의 관계에서 윤활과 촉매가 될 수 있다. 연락을 안 하는 내가 아니라, 연락이 안 되는 내가 되었을 때, 조금 더 애틋할 것이라며 얄량하고 1차원적인 미소를 품는다.

새벽 2시 30분 수완나품 공항에 도착한다. 랜딩 바퀴가 지면에 쿵 닿는 즉시 핸드폰을 켜 ESIM을 작동시킨다. 삽시간에 올라오는 빨간 메시지들 중 본능적으로 '강승희 님'의 것을 찾는다.

"이제 가시는 중이시겠네요~? 조심히 가시구, 도착하면 연락 주세요!"라는 메시지에,

"네, 방금 착륙했습니다! 주무시겠네요. 또 연락드릴게요!"라고 태연히 보내고는 미리 설치된 그랩을 통해 아속역 근처 숙소로 움직인다.

지난 토요일 영화 내용을 잘 기억하지 못하는 까닭은, 옆에 있던 사람이 신경 쓰여서였을 것이었고, 혼자 여행을 떠나기 전에 무언가 할 말들을 정돈하는 것에 뇌세포를 사용했기 때문이다. 마지막 표정과 얼굴을 최대한 기억하고 입력하고자 했어도 여전히 잔상뿐인 것은 우리가 평생 뇌 기능의 10%도 가동하지 못하는 미천한 인간이기 때문이다.

해외에 착륙하고 통신을 관장하는 회사가 더 이상 SKT나 KT가 아니게 되면서 시간이 뒤틀릴 때, 뒤틀린 시간만큼 한국에 놓고 온 업무나 일상의 고민거리 등이 압축되어 가장 아래의 서랍으로 처박힌다. 그만큼 새로 갈아 낀 서랍에 미지의 것들을 담을 준비를 한다.

나는 관광보다 정취를 즐기는 편이다. 왓포, 왓아룬 사원은 굳이 가지 않을 것이며, 대신 방콕 소재 명문대인 '쭐라롱껀 대학'에 갈 계획을 한다. 오전 내내 태국스러운 옷매로 꽃단장을 하여 남의 학교에 침투할 채비를 한다. 그랩 대신 버스를 이용하고, 월요일 오전 등교하는 대학생과 같은 행세를 한다. 학식을 서성이고, 행정실도 훔쳐보며, 공원에 있는 CC들을 힐긋 보기도 한다. 제법 이국적인 인테리어와 명문대스러운 활기 또는 차분함이 생경하기는 하지만, 이모저모를 돌아보면 역시 사람 사는 데가 다 똑같다는 생각을 한다. 생각해 보면 오토바이가 많은 것 외에는 우리 대학교와 그다지 다르지 않다.

   # 고작 2시간 밖에 되지 않는 시차를 핑계로 승희 님과의 연락에 소홀했다. "저 이제 일어나서 오늘 주변 좀 돌아보려고요! 승희 님은 오늘 일정 어떻게 되세요?"라는 카톡을 보내 놓고는 한참을 잊었지만, 물음으로 끝낸 것이 내심 다행이라 생각했다. 카톡을 기다리는 동시에 다음 일정을 계획한다. 짜뚜딱 야시장 등 관광지로 유명한 곳보다도 로컬 주민이 주로 찾는 정감 어린 야시장을 검색하여 돈다. 새로 생긴 빈 서랍 안에 이색적이고 풍성한 감흥들이 금세 채워진다. 한국에 돌아가면 무엇이든 될 수 있을 것이란 객기도 부릴 수 있다.

마른 하늘에 날 물방울이 떨어진다. 매일의 강수 확률이 거진 100%인 나라에서 우산 없이 빨빨거리며 돌아다닌 것이야 말로 객기다. 이 또한 묘미이거늘, 수 분 안에 물난리로 급발진하는 방콕의 하늘 아래 미상의 가게 앞 천막으로 몸을 숨겨 여유를 보며, 주섬주섬 휴대폰을 꺼내 든다.

"지철 님, 저… 근데 아직 연애할 준비가 안 되어서요… 좋은 분 만나시면 좋을 것 같아요!"

강수 확률은 100%겠지만, 나는 비를 안 맞을 거라고 생각한 것이 객기이고, 그러니 비를 맞을지언정 탓할 것은 나 자신 밖에 없다.

"아, 네. 알겠습니다. ㅎㅎ. 어쩔 수 없죠. 저도 응원하겠습니다!"

티추카 바는 예약 없이 가기도 어려우니, 근처 로컬 술집에 간다. 관광 선진국인 태국에서는 혼자 온 손님을 불편하게 하는 법이 없다. 파파고는 위대하다.

타국에서의 망상은 조금 더 흥미롭다. 리젠시와 같은 위스키가 체내에 겹겹이 쌓일 수록 이제는 어렵다. 어떻게 하면 '연애할 준비'가 소급적으로 사라질 수 있을까?

[1단계]

내 톡이 너무 소홀했나?

갑자기 집에 안 좋은 일이 생겼을까?

급격히 몸이 안 좋아지셨나?

[2단계]

썸 타는 다른 분이 더 있었나?

키 크고 더 매력적인 분이 고백했나 보다.

전 남편이 돌아왔다.

[3단계]

사법고시가 부활했나 보다.

의대 편입 준비하려고 하나 보네.

갑자기 승려가 되려고 하시나 보다.

감정의 여유와 공간(space)은 시공간 그리고 상황에 의해 3차원으로 다변화한다. 무탈한 시기, 편안한 공간, 그리고 좋은 상황에선 열린 마음이 될 것이고. 정신없는 시기, 불편한 공간, 몸 아픈 상황에선 굳게 닫힐 뿐인데.

그것이 언제 어느 때에 상대에게 발현될는지는 예측할
수 없다. 내가 상대에게 호감을 가지고자 할 때에 상대가
충분한 공간을 갖고 있기를, 그저 아프지 않고 누군가 괴
롭히고 있지 않기를 바랄 뿐이다.

　망상의 층위가 높아질 수록 황당함은 희석될 것이니,
'사법고시의 부활'로 결론을 짓고, 이왕은 즐기려고 한다.

　3일 뒤 한국에 돌아갔을 때, 잠시 짜부라져 웅크려 있
던 일상의 번뇌들이 다시 돌아오는 것만이 걱정이다. 돌
아갈 때 면세점에서 향 좋은 향수를 사야겠다.

구디구디병

유년에는 고무동력기의 동력이 무한하다고 착각했다. 얼마 안 가 맥없이 고꾸라지는 작고 소중한 물체를 그저 꾸역꾸역 계속 돌려주기만 한다면 끝없이 날아갈 거라고. 대부분의 것은 유한하게 소비되면서도 낡아 간다. 조금씩 소모되고 종국에는 닳아 없어진다. 아이들은 굳이 움직이지 않아도 될 때, 움직이지 말아야만 할 때도 줄곧 움직인다. 어른들은 움직일 때와 장소를 적절히 구분하는 것처럼 보이지만, '굳이' 움직이지 않는 것에 가깝다.

자그마한 객체에 불과한 인간은 무한대로 성장할 수 없다. 섭식과 혈류 재생사 트레이닝 등 갖은 노력에도 불구하고 피부의 재생이나 인체의 순환이 더디다고 느껴질 때 비로소 삶이 보잘것없어지는 동시에 소중하게 느껴진다. 어른의 에너지는 유한하고 곧 조금씩 나는 사라져 버릴 것이니 밥알 마냥 한 톨 한 톨을 아껴야 한다. 영원한 건 절대 없다는 것을 온전히 깨달을 때, 우리는 구독료를 지불하지 않아도 극한의 효율화 모델 5.0으로 업그레이드된다. 고무동력기를 신나게 돌리기는커녕 "그런 걸 굳이 왜 만들지."라는 생각을 한다.

천 날 만 날 10km씩 뛰어도 아프지 않던 무릎이 조금씩 두둑거린다. 남들보다 특화되었다고 느끼던 성대에서도 이젠 곧잘 쉰소리가 난다. "연골이 닳는다."라는 누군가의 표현이 상기되면서 주종목을 수영으로 바꿀 계획을 한다. 연골과 마찬가지로 에너지도 연금처럼 비축해야 노후에 괴롭지 않다. 실속 없이 대책 없이 헤벌쭉하며 떠드는 이른바 '똥술'자리나 기 빨리는 모임은 근처에도 안 가고 싶다. 내 에너지가 낭비되는 것은 더 이상 견딜 수 없다. '구디구디병'은 이렇게 발현된다.

대학 선배 세정이 누나에게는 말 습관이 하나 있다.

"야, 할 거야 말 거야. 딱 말해."

우유부단한 나로선 딱 말하는 것이 쉽지가 않다.

오늘 세정 누나의 카톡 마지막 메시지 역시 "딱 말해."

인데, 그 위로 카톡이 3개 더 있는 것을 보니 맨 위에는 묶인 사진 2개가 있을 것이고, 그 밑에는 어떤 여자분의 인적사항이 아주 간단히 적혀 있을 것이며, 그 밑에는 "야, 할 거야 말 거야."가 있을 것이다.

이내 들어가 본 카톡 방에는 역시 어떤 분의 옆모습과 앞모습이 애매하게 나온 사진 두 장과, "의정부/30살/프리랜서"라는 말이 뒤이어 있다. 이 누나에게 우물쭈물거리면서 '성격은 어떤지', '무슨 일 하는지' 등을 구체적으로 꼬치꼬치 물었다간 대뜸 전화가 걸려 올 것이 뻔하다. 그냥 한다고 하거나, 안 한다고 해야 한다. '의정부'라는 정보에 착안하여, '굳이?'라는 스탠스를 필두로 호기롭게 "ㄴㄴ"라고 답한다. 뭐하는지도 모를 분이랑 의정부까지 굳이 가서 에너지 소모하고 오느니 오늘 나온 넷플 드라마나 보고 잘란다.

소개팅을 거절하고 2인분의 일식집 값을 아꼈으니, 그 돈으로 마트에 가서 드라마 주행 시 음미할 식량을 공수하고자 한다. 에너지와 금전의 효율을 모두 챙긴 나는 뿌듯하게 마트에 입성했을 텐데, 나올 때 찍힌 영수증엔 어찌 15만원이 넘게 찍혀 있었을까?

마트에서는 보통 고개를 45도 각도로 숙이고 물건을 찾는 것이 좋다. 고개를 조금 더 들었을 때 펼쳐진 선택지의 무궁함은 필연적으로 오류를 낳는다. 극한의 효율을 추구하다가 나는 자주 바보가 되었다.

#'경험의 일반화', '선택지의 확장'과 '오인된 기회비용'이 더해지면 구디구디병이 중증으로 진행된다.

[경험의 일반화] 그거 내가 해 봤는데, 별거 없었어. 거기 가 봤는데, 비슷한 곳은 이제 안 가 봐도 될 것 같아. 그거 내가 먹어 봤는데 적당히 괜찮았어. 근데 다신 안 먹어도 될 것 같아. ISTJ인 사람은 별로더라, 굳이 안 만날래. 나이도 연상인데, 굳이 수원까지 가서 만나야 되나? 예체능하시는 분은 만나 봤는데, 잘 안 맞는 거 같아.

에너지 효율을 위해 경험을 일반화하다 보면 '굳이' 무언가를 더 할 필요도 없다.

[선택지의 확장] 마트나 다이소에서 90도 이상으로 고개를 들고 다니면, 다양한 물건의 종(種)이 보인다. 저거 내가 인터넷에서 봤는데, 굳이 여기서 안 사도 돼. 저런 편리한 물건도 있네? 한번 사 봐야 겠다. 저건 처음 보는

물건인데 저런 것도 있었구나. 집에서 해 먹을 수 있는데 (또는 밖에서 먹으면 되는데), 굳이? 소개팅 많이 들어오는데 굳이 이 분 안 만나도 되겠지 뭐. 소개팅 아니더라도 사람 만날 곳 많아(또는 소개팅이 편하지 사람 만나러 굳이 그런 모임까지 가야 해?).

선택할 능력과 별개로 선택 영역의 확장은 선택 주체를 오만하게 만든다(저런 거 내가 살 수 있었는데 안 산 거야).

[오인된 기회비용] 기회비용은 그 물건을 구매함으로써 놓친 물건들의 총합이 아니라, 놓친 것 중에 가장 비싼 단 하나의 물건이다. 즉, 동 기간 내 관계에서 내가 진주 님과 사귀었을 때 발생한 기회비용은, 영서 님의 영민함과, 다혜 님의 외모, 이슬 님의 털털함의 총합이 아니라 그저 그중에 최고인 영서 님의 영민함 하나다. 영민하고, 예쁘고, 털털한 사람은 아마 없다. "그거 다 내 거야!"라는 빵꾸똥꾸 같은 발상은 이미 논리적이지 않다.

닭똥집의 매콤함, 조개탕의 얼큰함, 돼지 보쌈의 야들함조차도 단칼에 우선순위를 매길 수 없는 사람이 강단 있게 이성을 선택할 리 만무하다. 결국 영민한 영서 님 덕에 예쁜 다혜 님을 놓치고, 예쁜 다혜 님 덕에 털털한 이슬 님을 놓친다. 연쇄적으로 기회비용을 잘못 계산하면서 우리는 아무것도 선택할 수 없는 선택 포비아 상황에 놓인다.

이시가키 섬에 다녀오고 한 주만에 출근하는 길에 홍보팀장님이 멀찍이 보인다. 평소 같았으면 살짝 올려 든 휴대폰과 내리깐 시선 그리고 귀에 꽂은 에어팟의 환상 조합으로 불필요한 에너지 소모를 줄였을 것이나, 오늘은 '굳이' 아는 척을 해 본다.

"팀장님, 잘 계셨어요? 저 여행 갔는데 보조배터리가 계속 맛이 가서 엄청 애먹었네요. 휴."

"그 보조배터리? 나 집에 많은데, 잘 안 써서 당신 그거 몇 개 줄 테니까 가져~"

"네? 그래 주심 좋지요…!"

"아, 그리고 이번에 우리 딸내미 친구도 거기 갔다 왔다더만, 그 친구도 솔로래~ 소개해 줘?"

"아, 아니요 괜찮습니다…ㅎㅎ. 이따 회의 때 봬요!"

에어팟을 빼니 뜻밖에 보조배터리와 짧은 연결선도 금

세 생긴다. '굳이'를 뒤집으면 가능성이 확장된다. 의미 없는 행동은 없다. 정확하게는, 행동하지 않으면 의미도 생길 수 없다. 말 많은 박 과장님은 사무실에서 혼자 중얼거린 말로 혼삿길을 열기도 했다. 모든 행동은 나비가 의미를 부여할 뿐이다.

(* Butterfly Effect)

'굳이'는 양면적이다. 굳이 하지 않아도 될 일을 굳이 하는 것도 나름대로 낭만적이다. 장염 걸린 짝사랑녀 자취방 문 앞에 몰래 호박죽을 가져다 두었던 스물 셋의 그 시절, 본죽이 프랜차이즈가 아니었다면 더 좋았을 것을. 효율의 논리가 잠시라도 사그라드는 순간들을 고대한다.

굳이 건넨 인사, 굳이 사 주는 커피, 굳이 갖다 주는 호박죽, 굳이 준 보조배터리, 굳이 뱉은 혼잣말, 굳이 나간 모임, 굳이 지낸 사람.

KTX가 하늘을 날아다니는 한이 있어도 가끔은 굳이 무궁화 열차 타고 창 밖 초록 풍경을 맞으며 노닐고 싶다.

그럼에도 불구하고, (굳이) 나는 너를 용서하고 사랑

하게 될 거야.

　(* 한로로의 〈사랑하게 될 거야〉)

　붙임. 구디구디병 문진표 1부. 끝.

구디구디병 문진표

본 문진표는 귀하의 삶이 생의 낭만과 가능성을 얼마나 효율적으로 제거하고 있는지 측정하기 위함입니다.

(1점: 전혀 아니다~5점: 매우 그렇다/총 20문항)

* 휴대폰의 계산기 어플을 사용하시기를 권장합니다.

1. 소개팅 상대의 거주지가 편도 1시간 30분 이상 거리라면 만나기 전부터 심적 피곤함을 느낀다. ( )

2. 소개팅 첫만남에 처음부터 대뜸 저녁 식사를 하는 것보다, 카페에서 만나 이야기해 보고 다음을 결정하는 것이 편하다. ( )

3. 기대가 되지 않는 만남이라면 내 소중한 주말보다는 피곤하더라도 평일에 만나고 싶다. ( )

4. 주변 사람과 갈등이 생기면 적극적으로 오해를 풀기보다 "네 말이 맞다."라고 하고 감정 소모하지 않는 편이다. ( )

5. 대화 중에 상대와의 차이점(경제관, 가치관 차이 등)이 느껴지면, 그 다음 만남은 더 이상 기약하지 않고 싶어진다. ( )

6. 목적성이 뚜렷하지 않은 사교 모임을 굳이 나가는 것은 시간 낭비라고 생각한다. (　)

7. 소개팅을 하게 되면, 최대한 많은 정보(거주지, 직장, 직무, MBTI, 전공, 취미 등)를 얻고 가야 빠른 판단에 도움이 된다고 생각한다. (　)

8. 소개팅 상대와의 만남 전 카톡은 약속 잡기 외에 굳이 구구절절 할 필요가 없다. (　)

9. 새로운 맛집을 찾기보다, 검증된 아는 맛을 선택하는 것이 실패 비용을 줄이는 길이라 생각한다. (　)

10. '두쫀쿠' 등 반짝 유행 식품을 굳이 2시간이나 줄 서서 먹는 것이 그다지 이해되지 않는다. (　)

11. 회사에서 동료 및 선후배들과 내 연애사 등 개인적인 이야기는 굳이 나누고 싶지 않다. (　)

12. "연애는 결국 다 거기서 거기다."라고 생각하고 결국 결혼하면 장래에 부딪힐만한 조건 위주로 상대를 판단한 적이 있다. ( )

13. 발렌타인데이 등 기념일을 챙기는 것은 '상업적 술수에 이용되는 것'이라고 생각한다. ( )

14. 지금 포착된 사람이나 기회보다 '어딘가에 있을 더 완벽한 대안'이 존재할 것이라는 생각에 결정을 유보한 적이 있다. ( )

15. 길에서 지인을 마주칠 것 같을 때 에어팟을 끼거나 휴대폰을 보는 척하며 스몰토크를 회피한 적이 있다. ( )

16. OTT 플랫폼에서 작품 하나를 고르는 데 '실패하지 않을 선택'을 위해 수십 분 동안 작품 제목을 보고 후기를 찾아보다가 결국 아무것도 못 보고 잠든 적이 있다. ( )

17. 일상 생활을 함에 있어 실제적 이익(경제적, 신체적, 관계적)에 도움되지 않는 행동은 하지 않으려 한다. ( )

18. 소래포구에 갔다가 대하의 맛과 충동에 이끌려 대리기사님을 부르는 것은 미련한 행동이다. ( )

19. 첫만남에 처음 본 상대에게 꽃 한송이 쥐여 주는 것은 '굳이?' 싶은 행동이다. ( )

20. 누군가와 약속 장소를 정하게 되면, 내 퇴근길이나 거주지 근처를 고려하여 상호 '최적의 경로'로 타협하고자 한다. ( )

■ 진단 결과(총점 100점 만점)

· **20~40점 [적정]:** 가끔 효율을 따지지만, 감정과 직관을 통해 새로운 가능성을 얻을 수 있는 최적의 상태임.

· **41~60점 [구디구디병 잠복기]:** 효율과 가성비가 낭만을 잠식하기 시작하고 있으니, 주의할 필요가 있음.

· **61~80점 [구디구디병 초기]:** 삶은 효율적이고 정교하지만, 인연과 새로운 기회의 가능성은 효율의 필터에 대부분 걸러지고 있음.

· **80점 이상 [구디구디병 중기]:** 완벽한 효율화와 자가 에너지 비축 상태. 뜻밖의 행운이 끼어들 틈조차 완벽히 제거되어 있음.

눈 우산

소개팅은 입김 나는 겨울이 좋다고 한다. 눈이 설렁설렁 내리면, 오로지 하나의 작은 우산을 사고는 서로의 오묘한 거리를 조금은 좁혀 갈 수 있고, 이천 원짜리 자그마한 핫팩으로나마 따뜻한 시그널을 보낼 수도 있기 때문이다. 공기에는 온도가 있다. 창밖의 냉기는 서로를 연대하게 하고, 아스팔트 열기는 오히려 서로를 흩어지게 한다. 그래서 겨울이 만남을 시작하기에 조금은 더 좋다.

너와 나의 만남에서는, 생물학적 개체 각자 외에도, 그 모든 것을 둘러싼 공기의 온도, '분위기'가 작용한다. 확실한 건, 눈 우산이나 핫팩 시그널이 꽃무늬 양산이나 땀내 나는 부채질보다는 낫다는 것이다. 수줍은 핫팩이나 오천 원짜리 귀마개가 불쌍한 남정네를 구원할지도 모른다는 것이다. 겨울은 새로운 시작을 준비하는 멋진 계절이다. 롱패딩을 입지 않아도 될 만큼만 추웠으면 좋겠다.

\# 그렇다고 겨울 소개팅이 성공률이 높았느냐 하면 그 것도 아니다. 뭣이 되었든 '될놈될'이고, 분위기는 거들 뿐이다. 사케를 호호 불며, 서로를 응시했던 추운 날의 따뜻한 소개팅이 문득 생각난다. 보통 아주 추운 날에는 밖에서 만난다면, 옷과 목도리 등으로 각자 칭칭 감고 등 장하니, 드러나 있는 것은 한 쌍으로 달려 있는 눈 정도 밖에는 없다.

그날엔 어느 버스정류장 앞에서 만나기로 했는데, 먼 저 도착한 나는, 버건디 색 목도리를 매고 있노라고 먼저 카톡으로 언질을 준 뒤, 혼자 센스 있다고 자찬하며 흐뭇 해하기도 했다. 검은색 코트를 입은 눈들이 동동 떠다닌 다. 과연 누굴까? 하는 찰나에 흰색 코트를 입은 여성분 이 빠른 걸음으로 오고 있다. 직감적으로 상대를 알아차 렸다. 유영서 님이시죠? 하고 인사를 건네니, 역시 맞다. 근처 건물 4층에 보이는 이자카야로 흰 코트와 검은 목 도리를 한 한 쌍의 눈과 함께 움직인다.

자리에 앉아 꽁꽁 싸맨 코트와 목도리를 벗는 순간, 메 뉴판을 보는 척하면서 상대의 얼굴을 흘긋 쳐다보는 그 순간은 특별한 긴장감이 있다. 흘기다가 눈이라도 마주

칠라 메뉴판을 보며 메뉴를 황급히 읊조린다. "어떤 거 좋아하세요?" 백이면 구십 정도는 아무거나 좋다고 한다. 머뭇거리는 것 같으니 "추우니까 탕 하나 하고, 모듬 사시미 어떠세요?" 오케이 사인을 받고 메뉴를 시킨다.

메뉴를 시키고 물을 따라 줄 때가 되어서야 서로를 제대로 응시하게 된다. 수줍은 아이스브레이킹이 시작된다, "어떻게 오셨어요?" 얼음이 깨지다 못해 팔팔 끓는 물이 되었으면 했다.

회를 좋아하는 사람은 대체적으로 술도 잘한다. 사케를 먹자고 하는 걸 보니, 일가견이 있으신가? 사케야말로 익숙지는 않지만 이 순간 뭔들 좋지 않은 게 있으랴. 이 추운 날, 이 따뜻한 곳에서, 무언가 괜찮은 일이 일어나고 있는 것 같다.

어디서 많이 보던 주황색 우유갑에 든 사케를 시켜 본다. 따뜻한 것으로 달라고 했다. 아, 센스가 넘치는 것 같다. 맥주가 그러하듯, 사케의 매력도 첫 잔에 있는 듯하다. 정갈하게 모아진 술을 예의 있게 호 불어 한잔 넘기니 따뜻한 기분이 온 몸에 퍼진다.

두 팩째가 되니, 어째 상대의 옅은 미소가 함박웃음으로 느껴지기 시작한다. 같은 자리에서 4시간이 지났다. 안개 속에서 소주와 맥주병이 보인다. 언제 시킨 걸까? 따듯한 술이 더 취한다는 것을 나는 너무 늦게 알아차렸다. 술 좀 깨야겠다. 물을 먹자.

눈 우산과 핫팩이 따듯한 설렘의 포인트라면, 알코올은 따듯한 착각의 계기다. 설렘 포인트는 일시에 심장을 공격해 무언가를 각인할 수 있지만, 착란에 빠지면 그 만남 전체가 왜곡될 수도 있다. 뭐든 적당한 게 좋다.

난 그날 깔깔거리는 분위기에서, 눈 우산도 쓰고, 핫팩도 줬고, 심지어 손도 잡았다. 그렇게 "이제 사귀는 건가." 하고, 설레발 마음으로 집에 들어왔지만, 상대에게서 받은 마지막 연락은 "오늘 정말 즐거웠어요."까지였다. 그래, 나도 다시 생각해 보니 취해서 그냥 좋은 느낌이 들었던 거라고, 그저 그렇게 감정의 왜곡에 기대어 본다.

역시나 분위기는 그저 왼손마냥 거들 뿐이다. 계절, 시간, 장소, 음식, 상황, 냄새 그 모든 것들 중에 하나 혹

은 복합일 거다. 우리가 그것들을 통제할 수 있느냐 하는 여부는 당락에 영향을 미치지 않는다. 인위적인 분위기는 도움이 안 될 수도 있고, 통제할 수 없이 마주한 분위기가 오히려 운명적인 상황을 자아낼 수도 있다.

첫만남에서 파스타를 먹다 튀어나온 머리카락이나 벌레는 그날을 망치는 요물일 수도 있지만, 서로 간 평생의 추억거리가 될 수도 있다. 미리 준비한 와인과 레스토랑, 그리고 음악 속에서도 한 시간만에 일어나는 상대의 뒷모습을 지켜볼 수도 있다. 당락은 알 수 없으니 더 매력적인가.

첫만남에 순댓국 소주를 먹든, 고급 레스토랑에서 와인을 먹든, 카페에서 아메리카노를 마시든, '될놈될'이라는 말은 참 편하기도 하다. 될놈의 기준도 명확치 않은 세상이 원망스럽기도 하다. 한 살을 더 먹기 전이 되면 갑자기 호시절이 그립다. 좀 더 어리면 뭐든 더 잘 되었을 거라며 한낱 숫자 탓을 하곤 한다.

남미 여행에서 만나 그 친구가 그리운 건지, 그 몽글한 여행의 분위기가 그리운 건지 모르겠다. 어쨌든 그립다. 이젠 눈 오는 곳으로 여행을 가야 하나. 그곳에서 눈 우산을 쓰면 뭔가 다를 것만 같다.

촉새의 마법

인간은 참 복합적이고 다면적이다. '보여 주고 싶은 면'보다 '보여 주고 싶지 않은 면'이 더 많은 사람을 보면 나는 속으로 '소극적 콤플렉스'에 빠진 사람이라고 흘긴다. 그날은 유독 내가 그랬다. 합정역 7번 출구 지상까지의 층고는 유독 높아 보였으며, 주변은 흡사 가로수길의 연장인 마냥 힙쟁이들 천지였다. 이 동네 메가커피에는 언제부터 손흥민이 붙어 있었을까? 오늘 만나는 분도, 내가 거제도 출신이라고 하면 코를 킁킁거릴지 모른다.

이번 소개팅의 대주제는 부담이고 소주제는 긴장이다. 서울대학교 출신에 번듯한 대기업 대리, 사진상으로야 외모도 출중하실 예정이니 당최 왜 이 소개팅이 성사되었는지 모를 일이다.

그래도 남녀관계는 알 수 없는 것이라고 최면하며, 1시간 정도 다소간 일찍 도착해 약속 장소 근처 카페에서 매무새를 확인해 본다. 카페 화장실 거울은 실제보다 멋지게 나온다는 것을 경험상으로 아는데, 이 거울도 오늘은 영 신통치 않다. 어제 먹은 틈새라면 때문에 그런가 보다 하고, 냅다 어제의 나를 문책한다.

흘러가는 시간도 속절없다. 화장실을 여섯 번이나 들락인다.

눈치껏 상대가 미안해하지 않게, 10분 전쯤 막 도착한 것처럼 파스타 가게에 앉아 메뉴를 훑는다. 이런 힙한 동네에서는 굳이 서 있는 상태의 첫인상을 줄 필요가 없다. 앉은 채 맞이한다. 상대가 20분 늦는다니 생각을 정리할 시간이 있다. 메뉴를 대충 골라 놓고, 화장실을 다시 다녀온다. 중학교 때 하던 100미터 달리기 출발 직전 기분이랑 대강 비슷하다.

세 번째 화장실에 다녀오는 순간, 아뿔싸 상대가 먼저 앉아 있다. 뚫어지게 쳐다보기 힘든 정도의 호감형 외모에, 낭랑하고 자신 있는 목소리까지. 나는 보여 주고 싶지 않은 모습이 더 많이 생기고야 말았다.

\# '콤플렉스'와 '징크스'는 유사한 관념에서부터 자리 잡는다. 신체와 선천적 이유를 제외하고는 기본적으로 '과거의 실패 또는 부정적 경험'에서 비롯된다. 너무 친화력이 좋은 나머지 모든 이성을 다 친구로 만들어 버리는 마법사, 감정에 솔직하고 너무 헌신적이었기에 모든 상대로부터 혼자 남겨지게 되는 나무, 긴장하면 속이 달달 끓어올라 있는 얘기 없는 얘기 다 쏟아붓는 기관차, 고장 난 줄도 모르고 실속 없이 요란히 달리는 자랑스런 빈 수레.

모두가 개별적 '콤플렉스'의 주인공이며, 자아 본질적인 '징크스'를 갖는다. 애석하게도 가장 숨겨야 할 시점에 콤플렉스는 발현되고, 그에 따라 징크스는 한층 더 견고해진다. "지철 씨는 참 사람을 편하게 해 주는 매력이 있는 것 같아요!", 자 이제 마법사의 마법이 시작된다…!

\# 본인의 콤플렉스를 충분히 객관화한 사람은, 행동양식이 나뉜다.

1. 콤플렉스를 초기에 먼저 드러내고 편해진다.

ex) "아 제가 키가 좀 작은 편이죠?", "아 제가 좀 말이 많은 편이죠?" 등.

→ 콤플렉스로 인한 상처를 덜 받기 위한 방어기제이다.

2. 콤플렉스를 철저히 숨기기 위한 노력을 한다.

ex) 깔창 착용, 신발 벗는 곳 가지 않기, 말수 줄이기, 목소리 깔기 등.

→ 단점을 감추는 만족스러운 노력이지만, 실패 시 더 큰 자괴감에 빠지게 되는 부작용이 있다.

3. 상대의 콤플렉스에서 유사한 것이 있는지 떠본다.

ex) "○○ 씨도, 키가 좀 작으신 편 아니세요?", "아 저처럼 좀 목소리가 특이하신 편이네요." 등.

→ 상대 성향에 따라, 모 아니면 도의 결과가 나올 수 있다.

\# 아무래도 소심한 성격이었던 나는, 콤플렉스를 철저하게 숨겼더랬다. 깔창은 5cm를 깔았고, 목소리는 최

대한 깔아 말은 천천히 하였으며, 대화 주제도 영 가벼운 것들은 피했다. 분위기가 나쁘지 않았는지, 자연스럽게 2차로 넘어 갈 수 있었다. '청담이상'처럼 신발을 벗어야 하는 가게는 시야에도 띄지 않게 동선을 고려했고, 갑자기 떠오른 어머니 잔소리 덕에 허리는 뒤로 넘어갈 정도로 젖혀서 세웠다. 걷다 보니 고즈넉한 감성 카페가 눈에 들어온다. 꼿꼿함을 유지한 채 들어간다. 아메리카노 두 잔에 곁들어진 고즈넉함에 긴장이 풀린다. 촉새의 마법이 또 다시 시작된다.

몇 분 후 상대가 선명한 초점의 눈으로 이야기한다.

"저, 사실 세나 언니가 너무 부탁을 하는 바람에 이렇게 나오게 됐어요… ㅎㅎ. 죄송해요."

콤플렉스는 사실 자아를 보호하는 견고한 방패이자 만만한 미끼다. 우리는 "키가 작아서 그랬겠지.", "목소리가 높아서 그랬겠지.", "너무 시크한 표정이라 그랬겠지.", "오늘은 얼굴이 많이 부어서 그랬나 보다." 등 간단한 귀인으로 오롯한 내 정체성을 지켜 낸다. 나는 그날도, 전날 먹은 틈새라면이 만들어 낸 내 퉁퉁 부은 얼굴

때문이라고 간단히 귀인해 버리고는 정신승리를 이뤄 냈다. 헌데 돌아오는 발걸음은 왜 그리 터덜터덜했는지 모르겠다. 컴플렉스(complex)는 유연(flexible)하다.

가성비 잣대

\# 그저께 히터를 틀고, 오늘 에어컨을 트는 괴이한 시대가 왔다. 일요일 오후 한 시 오 분경부터 휴대폰으로 반팔 티 쇼핑을 한다. 단출한 디자인에 별 무늬도 없는 티 쪼가리인데 색깔이 참 고민된다. 가격은 5만 원인데 그다지 두 가지 색깔을 사고 싶지는 않으니, 하나를 고르기 위해 발악한 시간이 벌써 1시간 남짓이다.

\# "사진을 보냈습니다." 대학 후배에게 사진이 왔다. 읽기도 전에 소개팅임을 직감하고, 그 친구가 정성스럽게 멘트를 쓸 수 있도록 조금은 기다려 준다.

"93년생, 성남 거주, 판교에서 회사 다님"이라는 멘트가 추가된다. 왠지 더 안 쓸 것 같아 그냥 카톡을 열어 본다. 사진이 두 장인데 둘 다 흐릿한 것이 비단 내 눈의 문제만은 아닌 것 같다. 지난 소개팅의 흔적이 다 가시기도 전에 새로운 소개팅이 또 들어오는 것은 참, 신기한 건지 자연스러운 건지 모를 일이다. 하지만, 실패의 경험이 쌓일수록 소개팅이 "감정, 시간, 금전 등 여러 가지로 소모적이다."란 말이 참 맞다. 그치만 놀아서 뭐 하랴. 올해는 좀 억지로라도 고군분투하기로 했다.

　# 번호를 받고 티셔츠 색깔을 고민하다가, 결국 5만 원짜리 티셔츠를 2시간이나 고민하고 사지도 못한 쫄보가 되어서는 그제서야 한번 상대에게 연락을 취해 본다.

　"안녕하세요. 영석이 소개로 연락드립니다. 한지철이라고 해요!"

　소개팅도 몇 번 해 보니 이제는 멘트도 얼추 반사적으로 잘 나온다. 그쪽도 제법 많이 해 본 솜씨인 듯, 약간의 사담 후 바로 약속날짜와 장소를 잡는 단계로 넘어간다.

　보자… 생각해 보니 다음 주 평일에는 일정이 많은데, 주말은 비어 있긴 하다. 지난 경험 때문일까, 정체 모를 이 흐릿한 여자에게 내 천금 같고 따사로운 봄 주말을 내어 주고 싶지는 않다.

　"혹시, 다음 주 평일도 괜찮으세요?" 하고 물으니, 수요일이 괜찮다고 한다. 나는 맘 속으로 상대에게 '주말-평일 가성비 스킬'을 사용한 것이 죄송하니, "성남으로 제가 가겠습니다!"라고 호기롭고 쿨한 척 악수를 청한다. 고마워하는 것을 이번에도 역시 나는 센스가 있다고 자찬한다. 나아가, "저녁에 갈 맛집도 제가 한 번 찾아둘게요!! 하하하!!" 하며, 유사 장비만큼 호탕 지수를 높여 본다.

"아… 지철 씨, 근데 제가 요새 다이어트 중이라, 저희 카페에서 만나요!"

방심한 찰나에 '밥-카페 가성비 스킬'에 당했다.

바야흐로 가성비의 시대다. 가성비 재단은 비단 물건을 사거나, 밥을 먹을 때에만 이루어지는 것이 아니다. 어쩌면 이 사회를 관통하는 하나의 흐름이다. 최근의 개인주의 흐름은 가성비 잣대를 더욱 길고 촘촘하게 만든다. '갓성비'니, '창렬'이니 '혜자'니 하는 말들의 두각도 단순한 유행이라고 보기에는 어렵다.

우리는 아주 당연히 금전을 소비하는 데 있어서 효율을 따지고, 마찬가지로 시간을 할애함에 있어서 효율을 따지며, 감정의 크기에서마저 효율을 논하니. 관계에서 효율을 따지지 못하리란 법은 전혀 없다.

우리의 몸체가 이미 가성비 잣대를 가지고 있다. 그 잣대는, 밥 값에 2만 원 이상 쓰면 안 되고, 출근하는 평일에 화장실은 꼭 9시(AM) 이후에 가야 하며, 돈 많이 주고 간 공연은 눈물 뽑을 정도로 재밌어야 한다고 이야기한다.

당연하게도, 흐릿한 여자와는 주말에 볼 수 없고, 모호한 남자와는 마주 보고 밥 먹는 것도 부담이겠다.

오른손이 가성비 잣대를 들고 있다면, 가끔 왼손을 사용하는 경우도 있다. 퇴직하신 우리 부모님 크루즈 여행은 왼손으로 예약해야 하고, 조막만 한 내 자식 분유나 식음료 등도 왼손으로 사야 한다. 초등학교 1학년이 된 자식이 있다면, 창의성 계발을 위해 다양한 학원을 왼손으로만 헤짚어야 한다. 애기들 장난감은 잘 모르겠다 좀 오른손으로 해도 안 되나?(애가 없어 봐서…)

다만, 이 소개팅 시장 그리고 남녀 관계, 그 전쟁통에서 오른손과 왼손은 마치 청기 백기처럼 쏜살스럽다. 청기가 올라갔다고 생각하는 순간 백기가 올라가 있고, 백기만 올라가 있다고 생각하는 순간 두 기가 다 내려가 있다.

수요일 다섯 시 퇴근 체크 후, 누구보다 빠르게 출발해서 겨우 여섯 시에 만남 장소인 성남 상가 건물에 도착하고 주차했다. 객관적으로 보면 딱 수요일은 기분 좋지도 안 좋지도 않은 날이지만, 오는 동안 이미 오른손을 너무 많이 써서 너덜너덜 해진 상황이라, 아주 밝은 기분은 아니었고 해도 애써 밝은 텐션을 유지해 본다. 흐릿한 그 당신을 보려고 참 여기 세상 처음 보는 동네까지 왔다는 같잖은 피해의식도 한번 만들어 본다.

내가 먼저 도착한 것 같다. 카페 올라가서, 집 마냥 대충 코를 킁킁 풀며 휴지도 쌓고 할 일도 없는 노트북도 열어 보고 대강 있어 보이는 척한다. 누군가가 와서 덥석 앉는다. 아니 갑자기 왼손이 움찔거린다. 헌데, 그 분의 멘트 1과 2는 왼손을 앞뒤로 요동치게 했다.

- 멘트 1: 정말 다이어트 중이라, 죄송해요 ㅠㅠ 다이어트 끝나면 정말 맛난 거 꼭 살게요!!
- 멘트 2: 그래도 여기까지 오셨는데 아쉬우니, 간단히 분위기 좋은 데라도 가 볼까요?

가성비라는 핑계로 상대를 폄하한 것인가, 상대의 매력 덕에 모든 것이 무마된 것인가. 카페는 한 시간만에 나와서 자연스레 어떤 펍에 갔다. 노라존스풍 노래가 들리는 적당한 재즈 가게였던 것 같다. 분위기에 취해 와인을 시켰다. 어떤 순간에 왼쪽 손목에 있던 애플워치가 드르륵거린다. 문자인가 하고 봤더니,

"활동이 없는 것으로 보이는 상태에서 사용자의 심박수가 10분동안 120BPM보다 더 올라갔습니다."

다음날 오전 10시, 왠지 모를 불안감에 문자 내역을 본다.

- KSUME와인바: 122,300원
- 카카오모빌리티(대리): 50,000원

나는 그 즉시 쇼핑 어플을 열어, 고민하던 두 색깔의 티셔츠를 둘 다 구매했다(두 개, 10만 원…).

오전 11시쯤, 빨간색 숫자 1이 툭 튀어나온다. "어제 잘 들어가셨어요~~~??!! ㅎ ㅎ"

메디폼 천사

내 토요일 오전 알람이 7:30인 경우, 그 까닭 몇 가지 중 하나는 누군가의 결혼식 축가다. 목 잠긴 채로 대충 가서 읊조렸다가는, 남의 경사를 불쾌하게 만들 수도 있으니 더욱이 긴장한다. 출산과 결혼의 비율을 바라보는 정부와 사회의 시선은 다소 난색이지만, 모르겠다. 결혼 시기가 다소 늦어지는 감 정도가 있을 뿐, 할 사람들은 곧잘 다 하는 것처럼 보인다.

그 '할 사람'이라는 것이, 내 기준에는, 오래(3년 이상) 사귄 커플을 말하는데, 나는 종종 그들에게 묻곤 했다.

(Q) "너희는 어떻게 결혼을 결심했어?"

(A) "나는 처음 만나자마자 왠지 얘랑 결혼할 것 같더라."

쥐뿔같은 소리다. 나는 저 답변이 사후에 하는 '소급적 미화'라고 생각한다. 비과학, 미신, SF, 멀티버스, 운명론을 배척해 본 적이 없는 나도, 괜히 저 말은 인정해 주기가 싫다. 내가 원하는 답은 결혼을 결심한 각자의 경위와 동기, 고려된 상황 또는 배경 등이었을 테니까. 그래, 말은 미워하되 사람은 미워하지 말자. 그러니 저 쥐뿔 멘트의 당사자 둘을 위한 축복의 노래를 위해 시청역으로 간다.

○ 오늘의 일정

- AM 7:30 기상 및 목 풀기

- AM 10:00 시청역 프레스센터 도착

- AM 11:30 식 시작(축가 후 뷔페)

- PM 4:00 소개팅 애프터(강남역)

- and…?

오늘은 지난 수요일에 만났던 그 흐릿한 상대와의 두 번째 만남이 예정되어 있다. 지난 번 애플워치의 심박수는 무슨 연유에서였는지, 흐릿하지만 행복했던 기억이 과연 착각이었을지 확인해 보아야 하는 중요한 날이다. 그래서인지 오늘의 축가는 뭔가 조금 다르다. 가사가 조금은 더 선명하게 들린다고 해야 하나.

난생 처음으로, 눈 앞에 손잡고 있는 두 사람의 얼굴을 나와 그 누군가로 바꿔 본다. 설레는 첫 만남, 궁금한 두 번째 만남, 연이은 데이트와 추억 쌓기, 뜻 깊은 프로포즈, 경복궁에서의 상견례, 한 번뿐일 신혼여행, 출산과 육아를 통한 가족애, 해외여행 다니는 멋진 노부부. 어렴풋이 벌써 그 흐릿한 상대가 할머니가 되면 어떨까 떠올려 본다. 내 뇌는 마스크 쓴 하관을 상상하듯, 그 분의 흐릿한 얼굴과 내 남은 여생을 대강 완벽하게 그려 냈다.

  # 결혼식 때 한 번 쓸 생화 장식이 비싸기도 하고 하니, 결혼식이 끝나면 하객들에게 생화를 답례로 주는 경우가 많다. 두 번째 만남에 꽃이라니 급발진에 부담을 느낄 상대가 걱정이 되지만, 결혼식 핑계로 에둘러 볼 생각을 하며 흔쾌히 받아 든다.

  이제 네 시까지 꽃을 든 남자로 강남역을 활보해야 한다. 다소 부끄럽지만, 꽃을 받고 좋아할 상대를 떠올리니 얼추 상쇄가 된다.

  이 꽃은 어떻게 주면 좋을까? 저 멀리서 들고 저벅저벅 걸어오는 것이 좋을까? 아니면 어디에 숨겨 놓고 짠 하는 게 더 극적일까? 고민하는 새 꽃잎 한 두 점이 떨어진다.

먼저 카페에 가 있기로 하고, 꽃은 투명백을 하나 사서 밑으로 숨겨 놓는다. 그러고 혼자 히죽거리는 것이 내가 생각해도 바보 같다. 상대가 도착한다. 더도 말고 딱 5분 후, 나는 그녀의 함박웃음을 맞이했다.

"지철 씨, 저도 선물 있어요!"

웬걸, 이 분도 선물을 준비했단다. 주섬주섬 뭘 꺼내려나 싶었는데 꺼내지 않는 걸 보니, 장난치는 것 같다.

"조금 이따 줄게요." 하면서, 웃어 넘긴다. 왠지 그 말에 복종해야 할 것만 같아서 조용히 있었다.

설렘은 상호작용일까? 반만 맞다. 명백한 대상이나 상황이 있지만, 혼자서도 가능하다. 설렘은 자연발생적인가 타체유발적인가? 어떤 것이 유발하는 것에 가깝다. 오늘 그녀의 말과 행동이 나에게 설렘을 유발한 것처럼.

그렇다면 대체 어떨 때 우리는 주로 설렘을 느끼는가? '내가 호감을 가진 사람과 좋은 감정들을 나눌 것에 대한 기대감이 들 때' 그렇다고 생각한다. 실제로 그 사람과 좋은 감정을 나누는지 아닌지는 중요하지 않다.

중요한 것은 '기대감'이다. 내가 좋아하는 취향의 옷차

림, 긴 머리에서 나오는 은은한 샴푸 향, 베이비로션 냄새처럼 본능을 자극하는 것들이 설렘을 유발할 것이고, 키작은 남자를 배려한 단화, 함께 바르려고 가지고 온 핸드크림, 미리 시켜 놓은 커피, 조수석에서의 배려심, 인도 바깥 쪽으로의 걸음, 손으로 감싸지는 책상 모서리처럼 그 사람의 성품이나 마음들이 설렘을 유발할 것이다.

대체로 이 모든 것들은 돌발적이고 순간적이다. 재미 있을 때 상대의 팔이나 등을 치거나, 스스럼없이 손발을 대 보는 등의 스킨십은 또한 더할 나위 없다. 이 자체가 설렘이라기 보다는, 이 행위가 곧 나에게 '기대감'을 주기 때문이다.

그 사람의 향기는 나에게 고백한 적이 없다. 단지 사귀고 싶은 마음을 들게 했을 뿐이다. '기대감'은 단지 1인칭 일 뿐이다. 타인이 유발한 설렘과 기대는 때때로 일방적 인 것으로 남기도 한다. 그래서 가끔은 슬프다.

그분이 좋아하는 곱창집에 도착하니 다섯 시. 토요 일 다섯 시라 기분이 제법 풀어진다. 원형 쇠테이블 여럿 에 시끌벅적한 인파가 과연 이 애프터 만남의 배경이 되

는 것이 다소 우려스럽지만 만족스러운 상대의 표정을 보고는 안도한다. 두 명이니 모듬으로 2인분 시키고, 볶음밥을 겨우 지져 먹는 것이 이미 약속된 룰인 것 같다.

음식을 다 먹었을 즈음, 상대의 주머니에서 무언가 나온다.

"그, 왼쪽 팔에 보니까 상처 같은 거 되게 많던데요. 언제 생긴 거예요? 관리 안 하면 흉 져요."

메디폼이다. 그것도 크기와 종류별로. 아까 준다던 것이 이거구나. 선물 준비했다던 멘트도 장난 같았는데. 별 생각 없이 곱창 먹다가 이 무슨 경종인가. 곱창집의 회전율은 왜 이리 빠른지 모르겠다. 대꾸할 겨를 없이 2층에 있는 선술집으로 옮긴다.

나만 취하는 것 같다. 오늘만큼은 정신 차리자. 내가 준 생화는 여전히 보듬어지고 있고 뜻밖에 메디폼 선물도 받았으니, 이정도면 서장훈한테 물어봐도 그린라이트일 것 같다.

내 무의식에게 대의적인 결정의 명분을 주기 위해서는 이 사람의 외형과 느낌을 조금 더 기억해야 한다. 취하지 말고 똑바로 기억해라. 이 사람은 정말 발랄하고

할 말 하는 시원한 성격이구나. 그러니 때때로 우유부단한 나를 잘 이끌고, 아이에게는 현명한 엄마가 될 것 같다. 눈 옆에 점도 있었구나. 하고는 무언가 기억을 위해 애써 본다.

　가게를 함께 나갈 때쯤, 가방을 다시 뒤져 메디폼이 잘 있는지 확인해 본다. 모든 것은 흐릿한데. 분홍색 메디폼이 유달리 선명하게 보인다. 아니 꽃도 이미 준 김에, 삼프터 국룰이고 자시고 간 그냥 오늘 고백해 버리고 싶다. 오늘 축가가 유독 진심이었던 만큼, 메디폼이 상호작용이었으면 좋겠다.

삼프터 국룰

\# 한남동 카페에 다시 왔다. 이 곳은 너무 북적거리지도 않는 것이 생각을 다잡고 계획을 단도리하기에 적합하다. 홍대나 합정 카페에서 짠 전략이라면 아마 실패했을지도 모르겠다.

흐릿했던 메디폼 천사와 수요일부터 연애를 시작하게 되었다. 성남에서 첫 만남을 가진지 딱 일주일만이다. 두 살 차이 삼십 대 초반의 연애는 돈 없어서 못 갈 곳도 그다지 없어 좋고, 그렇다고 아예 찌든 어른의 연애라든가 하는 느낌도 없어 좋다.

적당히 순수하고, 적당히 불 같고, 적당히 성숙한 연애. 다소 찌들어 있던 얼굴에 생기가 다시 돌게 되면서, 내 아침은 어느 때보다 밝았고, 일과는 누구보다 활기찼으며, 밤은 감성으로 충만했다.

그날 나는, 한남동 카페에서 멀찍한 소파테이블에 나란히 쌍으로 붙어 있는 커플을 유독 의식했다. 힐끔힐끔 티 나지 않게 쳐다보며 문득 저들의 시작을 상상해 본다.

'첫 단추를 잘 꿰어야 오래간다'고 생각하는 내 자신을 보니, 이미 김칫국으로 승전보를 올리고도 남은 사람 같다.

방심하지 말자. 태어나서 고백을 했던 경험이 몇 번이나 있었던가? 고백의 컨셉, 방법 그리고 타이밍에 대해서 고민해 보아야 한다. 노크를 하거나 깜빡이를 켜야 하는지, 아니면 다짜고짜 남자답게 훅 들어가야 하는지, 혹은 거절 못하는 상황이나 분위기를 만들고 자연스럽게 이끌어 내야 할지. 어떤 장소에서 어느 시점에 무엇을 주고, 뭐라고 말해야 할지. 헝클어진 실타래를 한 올 한 올 정성스레 풀어 본다.

그래, 지금의 속도와 분위기로 봤을 때는 무조건 돌직구가 맞다. 꽃과 편지를 준비한다.

'삼프터 국룰'이라는 말을 당최 이해할 수가 없었다. "겨우 세 번 보고 시작되는 관계라니 요즘 애들 참 가볍다.", "뭘 안다고 세 번 만에 고백을 할까?"라는 생각은 이

번에 완전히 바뀌었다. 가성비 잣대니 오른손이니 청기백기니 하다가 이미 첫 만남에 항복한 왼손잡이가 되었고, 두 번째 만남에 요망한 물건을 받고는 고백 충동이 일어났으니.

나도 참 쉽다. 초반에 불타오르는 관계가 곧 안정적인 관계가 될 거라고 머쓱하게 입장 번복을 해 본다. 세 번째 만남을 넘긴 고백들은 지금보다 약고 얕았던 것이라며, 조금은 과장스럽게 현재 감정을 미화해 본다. 나아가, 동물적 감각으로 먼 훗날 우리의 아이가 재생산할 또 다른 아이의 이름까지 지어 주기도 한다.

"처음부터 이 사람이랑 결혼할 것 같았어."라는 내 친구들의 옹졸해 보였던 답변은 곧, 미래의 내가 수십 번이고 뱉을 교리이자 전도의 말이 될 것이다. 이제 나에게 '삼프터 고백'은 국룰을 넘어 국제표준이 되었고, 나는 어떠한 책무까지 느껴가면서 비장한 마음을 먹었다.

디데이 수요일. 이 사람과 알게 된 지 일주일 밖에 안 되었다는 사실은 오히려 모터에 부스터를 달 뿐이다. 트럭기사의 운전대는 이미 일방향으로 고정되어 있고,

그가 생각하는 운명론은 모든 상황을 합리화할 만큼 기능적이다.

내가 보는 모든 사람과 사물은, 이 관계의 성공을 위해 운명적으로 존재한다. 일말의 불안함이 화단에 있는 꽃잎 개수(좋아한다, 좋아하지 않는다)를 세어 보라고도 했지만, 굳이 알고 싶지 않다. 심장박동을 쟀던 애플워치도 불필요하다. 한 시간 전에 가게에 와서 꽃을 맡기고 차분하게 앉아 있다.

그 친구가 들어오는 순간 온 세상이 초록빛으로 변했고, 메뉴를 시키는 즉시, 바로 입을 뗄 거다.

"지철 씨, 오늘 저한테 사귀자고 할 거죠?"

"???", "아… 네!"

귀가 뜨겁다. 재빨리 카운터에 맡긴 꽃을 찾으러 간다. 저벅저벅 걷는 것이 뒤뚱뒤뚱으로 보이지 않도록 뒤태를 곤두세운다. 걸어서 다시 돌아오는 앞태는 더욱 최악이다. 최대한 꽃을 든 남자 포즈로 걸어서 오려고 안간힘을 쓰지만 이미 얼굴이 안정환이 아니다.

'이렇게 되면 이거…' 하고 생각하던 찰나에, 호탕하게 웃는 그녀 덕에 나도 웃음을 찾았다. 다시 생각해 봐도 참 시원하고 털털한 스타일이다. 우물쭈물하던 내가 귀여워 보였을 것이라고 생각하니, 하루 종일 싸매고 고민했던 것도 머쓱했다. 내가 가지지 못한 면을 가진 사람이었고, 강단 있고 똑똑했다. 그 모든 것들이 좋아 보였다. 순식 간에 1일이 되었고, 이제는 말도 쉽게 놓았다. 보수적이었던 나도, 이제 사귀었으니 손을 잡을 수 있다는 생각에 설렌다. 가게에서 나오는 길에 슬쩍 치대 본다.

"우리 아직 알아가는 단계잖아… 손은 좀 그래… 미안."

핸들 고장 난 트럭에는 초록색 썬팅이 되어 있고, 눈이 좋았던 나도 초록색 코팅의 안경을 쓴 모양이다. 그걸 언제 알았는지는 모르겠다.

현진의 세상(*)

* 김현진(30, ESTJ)의 시선으로 쓰는 글

매주 화요일, 목요일에는 대학원 수업이 있다. 그 날만큼은 칼퇴를 위해 두 배 이상 뇌를 가동하니, 몸도 마음도 지치다. 학부 졸업장을 딴 곳과 달리 대학원을 여대로 선택한 것을 크게 후회하지 않는다. 여대 캠퍼스는 무언가 편안하다. 특히 보호된 초록 잔디 밭 사이에 난 인도를 가로지르는 등굣길을 나는 가장 좋아한다.

헌데 오늘은 웬 커플이 신성한 잔디에 들어가 철없이 웃으며 사진을 찍고 있다. 빨간 글씨로 명백하게 쓰인 잔디 보호 팻말을 무시한 것, 여대에 남자를 데려온 것. 이 두 가지만으로도 평소 내 정의감은 충분히 발현되었겠지만, 오늘은 너무 피곤하니 하릴없이 지나친다. 몰상식한 사람들, 통제와 규칙을 어기는 사람들을 눈 뜨고 볼 수가 없다.

\# 대학원 수업이 끝난 후에도 오늘의 할 일 리스트는 반 정도밖에 지워지지 않는다. '화요일 2교시 과제 마무리', '목요일 1교시 발표 초안 작성', '회사 업무 개선 프로젝트 준비', '경제 서적 리포팅', '지역별 부동산 시세 등락 업데이트' 정도가 오늘 밤 남은 할 일이다. 평소보다 그리 많지도, 적지도 않은 양이지만 가끔은 공허하다. "이렇게 열심히 살다가 전쟁이라도 나면 참 억울하겠다." 하는 인간적인 억하심정도 만들어 본다.

나이 서른이 되고는 과제가 하나 더 생겼는데, "현진아, 요새 만나는 사람 좀 있니?" 부쩍 늘은 엄마의 전화다. 오늘은 엄마와 통화할 시간도 길게 내어 보려고 한다.

\# 지난 달에 지철 오빠와 처음 만났으니 벌써 40일 정도 된 것 같다. 그는 외모, 직업, 성격, 기타 등등 전반을 보면 참 무난한 사람이다. 언제나 긴장한 모습 같았지만, 곳곳에서 가식 없는 순수함이 느껴졌던 것이 꼭 내가 갖지 못한 무언가를 가진 사람 같다. 다음 행동이 뻔히 보일 만큼 서툰 것도 오히려 그의 수더분한 매력이다. 그새 꽃도 여러 번 받았다. 어느 때보다 때 묻지 않은 꽃이었다. 여전히 그

와 좋은 마음으로 천천히 알아가 보고 싶은 마음이 든다.

그러다가 문득 전 연애가 실패했던 이유들을 떠올려 본다. 연애를 자주한 편이지만 지난 남자친구들에 대한 기억은 거의 없어서 아주 골몰하게 생각해 보아야 기억이 날락말락한다.

음, 아마 전 남자친구는 1년 정도 사귄 것 같은데 한 서른 번이나 만났을까?

대학원 동기들은 언제나 내 연애스타일에 대해 의문을 갖는다. '사귐과 스킨십', '만남의 빈도', '연애의 비중'과 같은 주제에 있어서 일반적이지 않다는 것이다. 나에게 사귀는 것은 그저 '알아가는 단계'일 뿐이니, 필수적으로 스킨십이 전제될 필요가 없다. 알아가다가 어느 정도 확신이 들고, 그러한 관계로 나아가고자 한다면 그때가 더 바람직한 것이 아닐까? 또, 각자의 삶에서 또 다른 중요한 것들을 채 나간 시간을 충분히 존중해야 하지, 서로에게 과히 의존하게 된다면 관계는 건강하지 못하다.

친구들은 남자들이 그런 이유들로 떨어져 나간다고 설파하지만, 내 행동은 그다지 바뀌지 않았다. 일단 시작하게 되면, 점진적으로 이상적인 관계를 그려 나가야 한다.

어느 날은 그가 퇴근 후 갑자기 집 근처로 오겠다고
한다.

- 지철: 현진아, 오늘 끝나고 너희 집 근처로 갈게. 보
  고싶어서!
- 현진: 오빠 나 오늘 과제하는 날 ㅠㅠ 미안 다음에
  봐야겠는데…
- 지철: 아아, 괜찮아 그냥 얼굴만 잠깐 보고 갈게!!
- 현진: 아 내가 미안한데. 그럼… 카페 가서 과제할 테
  니까 오빠도 할 거 가져와!!
- 지철: 응! 이따 봐요!

나는 저녁 내내 빤히 쳐다보는 그 덕분에 단 한 페이지
의 진도도 나가지 못했다.

어느 날은 점심시간에 다소 격앙된 목소리로 전화가
온다.

- 지철: 현진아! 나 스강신청(스시 오마카세 예약) 성
  공했어!! 다음주 토요일 저녁 다섯 시!
- 현진: 아 진짜?? 아 근데 나 그때 대학원 조모임 있
  는데ㅠ 날짜가 하필…
- 지철: 아 우리 주말에 만나는 거 아니었어? 몰랐
  네ㅠ 미리 말해 주지… 그거 저녁까지 하는 거야?
- 현진: 웅, 좀 오래 걸릴 거 같긴 해서…ㅠㅠ

나는 며칠 내내 미안한 마음에 시달렸다.

사실 전화는 자주 온다.

- 지철: 모해~?(PM 9시)
- 현진: 나 다음주 프로젝트 준비 중! 오빠는?
- 지철: 나는 그냥 운동 끝나고 누워 있지!
- 현진: 아, 잠시만 나 이것 좀만 마무리하고 나중에
  카톡할게.

그는 매일 밤마다 전화를 했으면 했지만, 나는 그다지 그런 스타일이 아니다.

친구들은 내게 "그럴 거면 연애하지 마라."라고 충고하지만, 나는 그를 좋아하고 알아가고 싶다. 그의 순수함과 건전한 사상 그리고 해맑은 정서들은 마치 나를 정화하는 것만 같고, 빼곡하고 스산한 도시 어딘가에 놓인 고즈넉한 시골 우물처럼 때로의 편안한 쉼터가 된다. 그는 바쁜 일상 속 나를 이해해 주었고, 나는 그것에 충분히 감사하고 있다. 나는 딩크족이 될지언정 비혼주의자는 아니다. 단지 그와 함께할 자연스럽고 순조로운 미래를 위해 각자의 일상 그대로를 변형 없이 떼어 맞춰 보고자 했을 뿐이다.

고등학교 입시, 대학 입시, 좋은 회사 취업, 대학원 진학 등 여태껏 순간순간 앞에 놓인 관문들을 나는 준수한 성적으로 통과해 왔다. 이번 관문 또한 녹록지 않지만 내 방식대로 잘 해낼 수 있다. 나는 항상 그리고 여전히 과제의 늪에 빠져 있다.

내적 귀인

물가를 좋아하는 나는 종종 현진이와 근교 호수 쪽으로 드라이브를 갔다. 항상 센스 있었던 그녀는 물티슈, 담요, 간식 등 이것저것 필요한 물건들을 잘 챙기는 편이었다. 그중에서 한 가지 맘에 안 드는 물건은 바로 노트북이다. 그 요망한 기계가 우리 사이 쌍 따옴표의 개수를 줄여 버렸고, 그 덕택에 관계 진전은 성에 안 찰 정도로 더디게 되었다.

노트북을 가져오지 못한 경우, 스마트폰의 전지전능함이 노트북을 대신한다. 스마트폰으로도 대학원 발표 조원들과 영상 미팅, 자료 및 의견 공유 등 못할 것 없다. 오히려 자판 타이핑이 느려서 답답할 뿐이다. 그래도 큰 불만이 없었던 것은 그녀가 밥 먹는 시간만큼은 나에게 할애해 준다는 것이다. 장어 맛집에서 도톰한 장어를 잘라 구워 먹여 주었을 때, 그 행복한 웃음을 본 내 마음도 거울에 비춰 보고 싶다. 그리 덥지도 않았던 근래의 날씨는 익살스럽게 나를 조롱하다 싶을 정도로 아주 화창했다. 연애를 하고 있기는 하다.

지금 생각해 보면 썸 탈 때 일주일에 세 번 만난 것은 내 인생 최고 업적일 만큼 위대한 일이었다. 지금은 아마 2주에 한 번 보고 있는가 싶다. 평소에 전화를 자주 하는가 하니, 딱히 그런 것도 아니다. 그녀의 머릿속 공간에서 내 자리는 얼마가 차지하고 있는지, 뭐 그런 것들을 측정하는 기계가 있었다면 호기심에 샀을지도 모르겠다.

그렇다고 만남이 정기적인 것도 아니다. 주말 데이트는 예약금을 반환받기 어려운 정도의 기간, 즉 며칠 전에 돌연 취소되는 경우가 많았다. 허락 없이 예약한 내 잘못도 있지만, 사실 물어봐도 확답을 받을 수 없었기에 일단은 예약하고 보는 것이 좀 더 나은 선택이었다. 만나는 동안 손잡고 나란히 걸은 적이 없다. 손바닥도 두 바닥이 마주 보고 쳐야 소리가 나는데, 혼자 휘저으니 획획거리는 바람소리만 난다.

그럼에도 내가 그녀를 좋아하는 마음, 처음의 초록빛 설렘, 알 수 없는 그녀의 매력, 같은 것들이 여전히 이 관계가 유지되는 동력이 되었다. 세 달 남짓 되어 가는 시점, 바퀴 없이도 굴러가야 할 관계에서, 나는 동력을 논하고 있다.

조직행동론에서는 통제위(locus of control)이라는 개념을 배운다. 개인에게 일어나는 사건들을 통제하고 영향을 미치는 요인이 어디에 있느냐 하는 것이다. 개인의 삶 또는 사건에 영향을 미치는 요인이 내부, 나 자신 안에 있다고 믿는 사람을 내재론자라고 하고, 그는 내적 통제위치(internal locus of control)를 갖는다. 즉, 어떤 사건이 일어나면 주로 "내 탓이오." 하는 사람들을 일컫는다.

나는 주로 모든 사건들의 원인을 나에게서 찾는 편이다. '내'가 그 곳에 가지 않았다면, 일어나지 않았을 일이고. '내'가 그 말을 하지 않았더라면, 일어나지 않았을 일이다. 내 눈으로 보는 1인칭 세상에서 모든 일들은 거의 모두 나로 인해 일어난다. 이런 생각들은 때때로 합리화에 쓰이기도 하고, 소모적 남 탓을 하며 감정을 허비하는 것을 막아 주기도 한다.

그녀와의 만남은 당연히 내가 자처한 것이며, 이렇다 할 매력이 없는 것도 내 탓이고, 관계의 균형이 불편한 것도 결국에는 내 행동 때문 일거다. 남 탓, 환경 탓 하며, 외적 귀인하는 것도 합리화와 정신승리의 한 방법이지만, 그저 "내 탓이오." 하면서 내적 귀인하는 것도 정신건강에 그리 나쁜 방법은 아니다. 나는 그녀의 과제, 스터디, 발표 등 먼저 줄 서 있는 같잖은(?) 것들조차 새치기하지 못한 매력 없는 못난 놈이다.

내적통제위치(internal locus of control)를 가진 사람은 주로 사건의 원인을 '내적 귀인'하지만, 동시에 어떠한 상황을 내 자신이 해결할 수 있다고 믿는 정도가 크다고 한다. 즉, 요상한 '결자해지' 감성이 있다. 내가 시작했고, 나 때문에 일어난 일이니, 문제상황은 내가 해결해야 한다는 것이다. 상처받기 싫은 지질한 남자의 마지막 자존심이 갖는 방어기제 같기도 하다. 나는 통제위치가 외부로 향하기 전에 마음을 다잡고, 다시 나의 매력 없는

행동들을 돌아본다. 그녀는 그녀의 삶을 그대로 살고 있을 뿐이다.

다시 한남동으로 향한다. 어느덧 한강의 초록 풀들도 누렇고 바삭바삭해졌다. 세 달 전 설렘을 안은 고백 멘트를 구상했던 카페의 바로 같은 자리에서, 나는 이제 잘 포장된 이별 멘트를 웃음기 없이 준비하고 있다.

수영장

삼십 대 초반이 '소개팅 적령기'라는 것을 몸소 느낀다. 다양한 직업군의 사람들을 인간으로 만날 기회가 많아진다는 측면에선 좋은 편이지만, 결국 목적을 가진 이성 관계가 필요해졌다는 점에서는 서글프다.

이제 다시는 축제 주점에서의 썸을 기대할 수 없고, 수업에서 조별과제로 만난 여학우에게 추파를 던질 기회도 없다. 시험기간의 도서관에는 새벽에 빌려 가는 수업 필기나 족보처럼 명분 있는 호의들이 있었고, 그 안에서 파생되는 호감들은 캠퍼스 커플을 만드는 양분이 되기에 충분했다. 공부하는 누군가의 뒷모습만 보고도 쪽지를 줄 수 있었고, 그 쪽지가 버려진들 시험 점수가 그것 때문에 내려갈 일도 없었다.

30대 직장인이 되고 나서 가진 알량한 자존심과 부끄러움은 그때 그 모든 순간들을 낭만으로 빛냈다. 지금 아는 것을 그때도 알았더라면. 그 청춘과 낭만 그리고 무모함이 유독 그립다.

나이가 들어 사회색이 짙어 질수록, 소개팅에는 조건(+a)이 달린다. 외모, 학력, 직업, 집안, 지역, 종교 등. 각각의 요소는 늘고, 가중치는 천차만별이다. 30대 소개팅 시장에서 '육각형 남자(여자)'라는 말이 유행한 적이 있다. 일반적인 몇 가지 요소를 더도 말고 딱 중간 정도 수준으로 전부 만족하는 사람을 찾자고 하니, 별 것 아닌 것 같지만 거의 없었다는 얘기다.

어쨌든 그만큼 30대 이상이 되면, 생각할 것이 참 많아지기도 하니 대부분의 만남 앞에 조건이 선행된다. 아무것도 모른 채로 누군가를 만나는 것은 무모한 짓이며, 어차피 안될 사람이면 시간도 아까울 것이고, 감정 소모만 하고 올 것이 뻔하기 때문이다.

현진이와 헤어진 후 연애는 한동안 쉬고자 했다. 하지만 '소개팅 적령기' 남자의 사진과 스펙은 파닥파닥 퍼날라졌고, 마음 환기도 필요한 겸 캐묻지 않고 두어 번

정도 승낙했다.

한 번은 "야, 니 사진 보냈는데 그쪽에서 하시겠다고 하네. 그럼 번호 넘긴다?" 하길래,

번호를 받고 반나절 후 연락을 했더니, "죄송한데… 제가 소개팅할 상황이 아니어서요… 죄송합니다…"라는 답을 받았다.

황당해 주선자에게 캐물으니, 학력 기준이 명확해서 SKY 대학 미만은 안 만난단다. '아니 처음부터 묻고 받던가…'

또 한번은, 첫 만남 약속장소까지 다 예약해 놨는데, "집에서 무교인 사람은 안 될 것 같다고…" 하셨다면서, 참새 날개 바람소리를 내며 사라지기도 했다.

나는 순식간에 '저학력으로 인한 수준미달 불통이 예정되어 있는 남자'가 되었고, '언젠가는 종교로 인한 문제로 다투게 될 남자'가 되어 버리면서, '0만남 2차임'을 당했다. 착하게 살지 못한 것이 분명하다.

속세에 찌들 때쯤 수영 강습에 가면 유독 심신이 더 정화된다. 수영장이야말로 '만인이 평등한 공간'이기 때

문이다. 수영장에 들어가게 되는 모든 사람은 주요 부위를 가리기 위한 천 쪼가리 수영복을 입어야 하고, 머리 스타일은커녕 빠져나온 앞머리도 허용하지 않는 엄격한 수모를 착용해야 하며, 그나마 정체성을 가진 눈마저 가려 없애 버리는 수경을 착용해야 하는데, 이로써 다소 우스꽝스럽지만 상당히 표준화된 태초 인간의 모습으로 돌아가게 된다.

이곳에서는 누가 서울대를 나오고, 의사를 하고 판검사를 하고, 돈이 많고, 종교가 무엇이고 하는 것은 관심도 없고 하등 상관도 없는 것이다. 볼품없는 인간들이 모여, 오로지 수영실력으로만 평가받고 줄 세워지는 1시간 남짓의 작은 사회다.

그곳에서는 그저 수영실력을 인정받아 조금이나마 앞에 서는 것이 단 한가지 목표일 뿐이다. 목표 앞에 붙은 전제나 조건은 없다. 그저 잘 배워서 열심히 헤엄기만 하면 된다.

노력으로 얻은 학위, 직업, 능력. 센스 있게 꾸민 외모, 패션, 개성. 그런 것들의 가치를 무시하는 것이 아니

다. 그러한 것들은 충분히 누군가를 판단하기에 주된 요소가 되고, 이는 시간이 지날수록 더욱이 그렇다.

하지만, 태초에 인간 몸뚱아리가 먼저 나오고 그 이후에 저런 조건들이 붙는다. 직업이 인간을 얻는 것이 아니라, 인간이 직업을 얻는다. 인간은 개별적이고 주체적이며, 그 자체는 추론과 간파가 가능하지만 속히 단언할 수 없는 개체다.

서울대 출신의 좋은 직업을 가진 사람은 똑똑할 확률이 높다. '똑똑함'은 측정하기 어려우니, 그냥 서울대를 졸업한 고로 그냥 똑똑한 것이다라고 판명해 버리기도 한다.

우리는 배경에서부터 본질을 추론하고자 하는 오류를 습관적으로 범한다. 배경이나 조건에서 본질이 파생되는 것이 아니라, 본질에서 배경이나 조건이 생성된다. 즉, 배경보다 인간 자체를 먼저 보고자 해야 한다. 특히 그 사람과 평생 함께할 생각이라면.

　# 추론도 간파도 필요 없이 추파와 쪽지를 날릴 수 있었던 대학 시절이 다시 그립다.

취향과 잔향

 # 낙엽이 콘칩처럼 바삭바삭해지는 시기가 왔다. 현진의 기억은 제법 스스럼없이 잊혀지고 있다. 아마 최근 강행한 소개팅의 목적이 그 친구를 잊기 위함이었기 때문일 거다. 오늘은 부랴부랴 백운호수 앞 파스타 집에 왔다. 파스타는 분명히 달짝하고 맛있는 음식이지만, 왠지 찾게 되지는 않는다. 파스타가 자아내는 분위기는 제법 나랑은 다른 분위기다. 만약 고려대학교에 입학했다면, 지금보다 훨씬 더 막걸리 귀신이 되었을 것 같다.

 개인의 취향과 달리, 소개팅에서 파스타가 선호되는 이유는 두 가지 정도 일 것이다. 첫 번째는, 파스타를 파는 장소의 깔끔한 분위기 때문일 것이고, 두 번째는 추잡스럽지 않게 먹을 수 있는 음식을 주기 때문일 것이다. 특히나 파스타는 꼬불꼬불 말아서 한 입에 쏙 넣을 때 나름의 쾌감도 느껴진다. 아무래도 초밥을 집다가 밥알이 부서지고 떨어져 간장이 퍽퍽 튀는 부끄러운 불상사가 일어날 확률이 조금은 더 적다. 물론 칠칠 맞은 나는 파스타를 먹으면서도 크림을 덕지덕지 흘리고, 피자를 먹을 때면 빵 쪼가리를 남기는 유치함을 보일 것이기 때문에, 안전하게 리조또를 시키곤 한다.

여느 때와 다름없이, 아이스브레이킹이 시작된다. 누군가를 잊기 위한 소개팅에서는 유독 상대에 대한 사전 정보가 없다. 사실 실제로 궁금한 것이 없었기 때문이다. 그럼에도 불구하고, 동방예의지국에서 살아가는 우리네 한국인은 공기에도 예의가 있다.

'파스타를 좋아하느냐는 물음'부터 시작된 아이스브레이킹은, 좋아하는 영화, 드라마, 음악, 컨텐츠를 넘어 주말 일상과 성장 과정까지 한 바퀴를 돈다. 어쩌 이 사람은 나랑 정말 다른 점이 한 가지도 없는 것 같다.

평소 하는 운동이나 주말 패턴, 읽었던 책, 좋아하는 국내외 밴드음악, 영화 장르, 감명 깊게 본 영화 등 '산 vs 바다'와 같은 아주 간단하고 기초적인 것부터, 최근에 고기보다 해산물을 더 좋아하기 시작했다는 것까지. 좋아하는 것을 대하는 태도가 어떠한지, 특정 영화의 어떤 대사를 외우다시피 하는 습관과, 그 대사가 합치된다는 신기한 사실까지도 놀라웠다. 커플 스피드 퀴즈 대회에 나가면 백 번 우승할 것 같았다. 사람의 반사신경조차 비슷할 수 있다는 사실을 처음 깨달았다. 좋아하는 것과 싫어하는 것만 얘기했는데 2시간 반이 흘렀다.

근처 카페로 움직였다. 동족을 만나면 반갑다 못해 약간 상기되는 얼굴이 있는데, 이 사람의 얼굴을 보니 내 얼굴도 이런 모양인 것 같다. 늦은 밤 커피를 먹어도 잘 잘 수 있다는 것 또한 공통점이니, 앞으로 대부분의 것들이 별로 다르지 않을 것 같다는 추단도 해 본다. MBTI를 제외하고는 모두 똑같은 사람이, 그야말로 '여자 한지철'이 나왔다.

어스름한 레스토랑을 나와, 밝은 카페에 앉으니 쇄골 즈음에 걸쳐 있는 여자 한지철의 타투가 보인다. 아마 슬쩍 보이라고 한 거겠지? 놀러 갔을 때 했던 헤나일까? 아마 내가 17살 때 짝사랑했던 누나의 헤나와 같은 모양처럼 보였다. 왠지 할 말이 없어졌다.

이 사람과 가까워져 경계심이 풀려서 마음이 편해진 건지, 퀴즈 메이트와 스피드 퀴즈 대회 사전 조율을 끝내니 해제되는 책무감이 마음을 편하게 만든 건지 헷갈린다. 옛 말로 궁합 안 본다는 4살 차이에, 이토록 비슷한 사람이면 마음이 동할 법도 한데, 방금 전까지 꼿꼿했던 등이 점점 등받이 쪽으로 기울게 된다. 첫 만남에 너무 편해져서일까?

얼음은 깨지고, 조각조각들은 뜨거운 온도에 녹고, 더 뜨거워지면 물이 증발되고, 활활 타면 바닥도 시꺼매진다. 아이스브레이킹에서 불타는 관계의 시작까지 가는 길이다. 불타는 것이 곧 낭만적 자만추에서만 일어날 수도 있지만, 소개팅에서도 불타지 않으리란 법 없다. 하지만 번쩍이는 점화 스파크는 갈수록 왜 점점 사그라드는지 알 수 없다. 온도는 대체 어디서 올리는 건지 버튼의 위치를 모르겠다. 낭만이 사라지는 데에는 별 다른 이유가 없다. 그렇게 믿고 있다.

여자 한지철과 흥미롭게 파스타를 먹고, 편안하게

커피를 홀짝한 뒤에, 가벼운 인사를 나누고 차에 오른다. 그 인사는 아마 카톡까지 통틀어 마지막이었다.

이 시간에 고속도로는 막힘이 없고, 날씨도 제법 선선하니 창문을 호기롭게 열고 달린다. 하지만 드라이브 같지도 않고 그저 야간 운행이나 주행정도가 되는 것 같다. 10시부터 잔잔하게 흘러나오는 DJ 전효성 씨의 목소리가 조금은 더 구슬프게 들린다.

하나부터 열까지 모두 똑같은 사람인데도, 자기 전까지 그 사람의 잔향과 표정을 떠올리지 못했다. 해맑고 쌩긋한 그 웃음과 비누 내음 섞인 잔향이 참 그립다.

뜰채

팔도비빔면을 조금 더 편리하게 먹고자 할 땐 뜰채 (거름망)가 있으면 좋다. 대학 시절 자취 때부터 쓰던 뜰채는 내가 이사를 갈 때마다 함께 움직여지곤 했는데, 그때마다 이 놈도 같이 늙었는지 영 기능이 떨어져가는 것 같다. 마치 깡촌에서 서울에 있는 대학 구단으로 갓 상경한 건장한 야구 선수처럼 촘촘하고 쩽쩽했던 것이 지금은 그저 감독질도 제대로 못하는 비운의 은퇴선수나 같이 너덜하고 해져 있다. 그래도 정이 가는 것은 이 뜰채가 괜스레 어린 시절 그 눈물 젖은 몇백 원짜리 비빔면의 맛을 되살려 준다고 믿기 때문이다. 비빔면의 맛이 여전한고 하니, 역시 믿음은 위대하다.

믿음은 믿음이고, 실제로 기능 자체가 떨어지는 것을 느낄 때면 꽤 한스럽다. 열무 비빔면처럼 얇은 면은

간혹 물과 함께 걸러져 싱크대 구멍으로 빠지는데, 뜰채를 바꾸면 될 것을 그냥 비빔면을 세 개씩 끓여 버리자는 발상이 이제는 습관화된 걸 보면 내 물건 중 요놈이 꽤나 소중하다는 말이겠다. 'S', 'T'형 여자친구를 만난다면 아마 난 가루가 될 거다. 그럼에도 나는 이 뜰채가 아무도 기억하지 못하는 내 어릴 적 자취시절을 고증하는 놈이라고 생각한다. 엄마가 내 고등학교 교복을 버리지만 않았어도 이렇게 집착하진 않았을 거다. 추억은 위대하다.

  # 윤희라는 친구에게 오랜만에 톡이 온다. "소개팅?", 윤희는 돌려 말하는 법이 없다. 내가 사진을 달라고 말하지 못해 우물쭈물할 것도 이미 알고 있다.
  "사진을 보냈습니다."
  나이도 비슷하고, 근처에 사니, 별달리 거절할 이유도 없다. 어른들 말마따나 그냥 '밥이나 먹고 올' 수 있다. 어디 보자. 지금이 밤 9시니 좀 늦은 듯하다. 내일 출근하면 연락해야지.

  # "안녕하세요. 금천구 사는 92년생 한지철이라고 합

니다. 윤희 소개로 연락처 받아 연락드립니다. 편하실 때 답 주세요!" 출근 후 후련하게 피씨카톡에다가 엔터를 갈기고는, 일에 집중한다. 오늘따라 일이 별로 없다. 슬금슬금 읽었나 확인한 것이 몇 번을 들어가 봤는지 모르겠다. 옹졸한 손놀림으로 프로필 사진이나 눌러 보고 앉아 있는 내 자신이 잠시 우스꽝스러웠지만 이내 별 생각이 없어졌다.

한참이 지나서 윤희에게 미안하다는 카톡이 온다. 샤워하고 와서 기분이 좋으니 소개팅을 받았다는 사실 조차도 잊은 채로 새로 산 바디워시 향을 맡으며 쾌남 행세를 한다. 웃차, 하고 들어가 봤더니 그분의 카카오톡은 기본 상태프로필로 돌아가 있었고, "삭제된 메세지입니다."가 덩그러니 쓰여 있었다.

윤희에게 들어보니, 특정한 이유로 걸러진 모양이더라. 또 다시 찾아온 '0만남 1차임'. 슬슬 무뎌지고 있기는 헌데 걸러지는 방법도 참 여러 가지다.

다음 주에는 OZuN이라는 유투버와의 소개팅이 있다. 주로 여행방송과 길거리 인터뷰 컨텐츠를 하는 듯하

고, 맛집도 곧잘 다니시는 듯하다. 명확한 컨셉을 나로서는 딱히 알 수가 없다. 드라마나 영화 아니면 〈나는솔로〉리뷰 채널이나 보는 방구석 쫌생이가 개방형 최신 트렌드를 알리 만무했다.

　이분의 인스타그램을 찾는 것도 그리 어려운 일이 아니었다. 눈팅만 가능한 내 초라한 계정으로 감히 입성한 그분의 계정에는 3만개의 게시물이 있었고, 형형색색의 옷을 입고 잔디와 물을 누빈 사진들이 대다수였다. '나도 물 좋아하고 수영 좋아하는데…'라고 머리 속으로 반, 입으로 반 읊조리면서, '결'이 다르다면서 괜한 '결' 탓을 하기 시작했다. 인싸 호소인이 될지언정 그냥 아싸로 남는 게 멋진 것이라고 혼자 생각한다.

　# 헌데 과연 이 사람이 내 소개팅녀로 단 한 시간이라도 버틸 수 있을는지가 의문이다. 나는 골프도 칠 줄 모르고 그리 활동적이지도 않다. 인스타도 잘 할 줄 모르고, '밈'이나 '릴스'라는 단어도 지난 달에 처음 알았다. 수영을 좋아하긴 하지만, 혼자 운동하는 정도가 끝이고, 편안하게 대화할 수 있는 정도는 한 다리 건너서가 최대다.

갑자기 열무비빔면이 먹고 싶은데, 찬장을 보니 하나밖에 없다. 다이어트 겸 하나만 먹자. 해진 내 뜰채를 들고 온다. 오밀조밀 촘촘했던 뜰채의 모양새도 세월이 흐르니 지 멋대로 개성을 표출한다.

'내 뜰채에는 큰 구멍 하나가 있는데, 그 부분은 조심해야 한다.'라고 머리로 읊는 순간 열무비빔면 삼분의 일이 싱크대로 처박혔다.

믿음과 추억은 위대하다. 관성과 편협은 다른 의미로 위대하다. 인간 자아의 피질은 세월을 거듭하면서 촘촘해지는 반면, 판단 기제 안에서의 뜰채는 해지고 퍼져 각양각색의 구멍만 넓어진다. 자아가 자기 판단을 맹목적으로 믿고 해진 나만의 뜰채로 팔도든 열무든 짜파든 구리든 마구 적신다면, 정작 목표를 추구하는 와중에 실리를 잃어버릴 수 있다. 나는 그것을 '효율을 위한 편견'이라고 표현할 것이다.

바보같이 자기 편견의 굴레에 빠져 허우적대지 않으려면, 뜰채를 사용하지 않고 수 차례 비빔면을 손으로 조물딱거리면서 면이 점점 차가워지는 것을 몸소 느끼던가,

정말 효율을 추구하고자 하면 해진 뜰채 자체를 버리고 새로 사야 한다.

 # 다만, 수 차례 비빔면을 조물딱거리기도 손이 차갑고, 뜰채를 새로 사자니 몸이 안 따라 주고, 그래서 그 유투버 님과의 만남을 취소했다. 비로소 나도 '0만남 1거절'의 주체가 되었다.

메론 빙수

날파리가 싱크대를 휘젓게 되면 동시에 매미도 시끄러워진다. 둘은 상생하는 것인지 아니면 때맞춰 함께 나오는 것일 뿐인지 궁금해진다. 이만큼 과열되는 계절이 오면, 인간인 나는 적어도 매미보다는 똑똑하다는 것을 보여주기 위해 전략적으로 운동을 한다. 등 어깨 운동을 집중적으로 해야 반팔을 입었을 때 태가 괜찮아 보이는 것 같으니, 오로지 보여 주기 위한 패션근육을 열망한다. 내가 원하는 대로 남에게 보이길 바라는 원초적인 의지 하나뿐이다. 아령 들고 이두박근 외치는 헬창의 사고가 그저 나에겐 매미 울음정도로만 느껴진다.

소개팅은 '거울'이다. 내 앞에 앉은 상대는 주선자가 날 어떻게 생각하는지가 고스란히 담긴 '투영체'다. 상대가 실망스럽거나 혹은 너무 과분하더라도 동요할 일은

없다. 단지 내가 가진 거울이 각기 다를 뿐이니까. 내 모습 형체는 객관적으로 존재하면서도 명확할 텐데, 비추는 거울에 따라 달라지는 것은 또한 삶의 묘미다. 나를 잘생기고 멋들어지게 표현하는 거울에게 조금 더 마음이 가기는 한다. 그저께 좋은 거울에게서 연락이 왔다.

소개팅이 다가오면, 겸사겸사 준비를 한다. 이 겸사라는 것은, '가꿈의 벼락치기' 정도로 표현할 수 있을 것 같은데, 평소 몰두하지 않던 외모 및 자기관리 등을 몰아서 한다는 것이다. 이번에도 마찬가지로, 소개팅이 들어오자마자 벼락의 기제가 발동한다.

집 앞 에덴마트에 가 보자. 평소 거들떠보지 않던 채소와 과일 코너를 들러 ABC쥬스를 위한 애플, 비트, 캐럿을 사야겠다. "양배추 요구르트가 좋다니. 양배추와 불가리스를 사야지."라고 생각하며 들어간 내 손에 들려 나온 것은 '라면에 넣을 치즈와, 호주산 소고기, 생굴, 막걸리 그리고 떡볶이 재료' 정도였다.

뭣이 중헌지를 모르는 것일까? 좋은 거울에 비친 내 모습이 진정 내 모습인 줄 착각하고 있다.

당장 이번 토요일 만남을 위해 자가 검열을 해 본다. 유독 신발이 맘에 들지 않으니, 오늘은 뉴코아 아울렛에 가서 부랴부랴 정갈한 신발을 하나 사야겠다.

그렇게 마음먹고 눈 떠 본 세상은 비로소 신발왕국이다. 뭇 학생, 청년, 아저씨들의 알록달록 각양각색 신발만 보이기 시작하면서, 색깔과 브랜드 등이 삽시간에 입력되는 것은 흡사 GPT보다 인간이 위대하다는 것을 알게 한다.

GPT스러운 냉철한 분석과 인간의 기호적 주관이 섞이면서 베이지색 스웨이드 로퍼를 빠르게 구매했다. 이정도면 거울에 비친 내 모습이 어느 정도는 완성된 것 같다.

소개팅 당일도 이 클리셰한 매미는 엄청나게 울어댔지만, 그저 신발과 차림새에만 신경이 갔다. 성능 출중한 에어컨이 구비되어 있는 여의도 파스타집에서 첫 만남을 가졌다. 비싼 지갑을 사야 큰돈 들어온다는 속설이 나지막하게 떠오른다. 좋은(비싼) 거울에 비친 나와 상대의 모습을 보니, 조금 더 진전된 서로의 관계를 보다

못해 아이 이름까지 지어 버리는 발칙한 상상을 해 보기도 한다.

2차 장소를 예약하지 못했던 것은 천추의 한이다. 어쩔소냐. 부랴부랴 다음 스텝을 고려하지만, 차가 없는 나로선 이 더위에 성인 남녀 둘이 안락하게 몸 피할 곳이 없다.

"더현대라도 가실래요~? 거긴 그래도 시원할 것 같아요!"

내가 생각하는 것은 분명 남도 생각한다. 34도 폭염 날에 더현대 입성은 최고의 선택이자, 최악의 선택이다. 무더위에 예약 카드도 없이 정처 없게 거니는 남녀에겐 주로 '모 아니면 도'라는 극단적인 형량이 내려지곤 한다. 상대가 맘에 들면 악조건도 연애사 추억이 될 뿐일테만, 그렇지 않다면 역사적인 최악의 하루 썰이 될 뿐이다.

허나 생각할 틈이 없다. 생존을 위해 어디든 들어가야 하겠다고 마음먹었을 때, 상대가 '메론빙수 특별행사' 배너를 보며 눈을 반짝였다. 이내 설빙으로 들어갔고, 마침 럭키비키하게도 맨 구석 나름 조용해 보이는 자리에 착석할 수 있게 됐다. 빙수를 가져온 나는 여전히 그 친구와의 미래를 그리고 있었고, 그 친구도 여전히 반짝거리는 눈을 하고 있었다.

다만, 반짝이는 눈의 초점이 내 뒤에 있는 수십 개의 메론빙수에 가 있었다는 것은 앉은 자리에서 곧잘 알 수 있었다. '어디를 보고 있는지' 물을 수도 없고, "재미있는 얘기해 드릴까요?"라고도 할 수 없었던 무력한 나는 그저 그녀가 응시하는 메론 빙수의 배경이 되기로 했다. 수십 메론빙수 접시에 걸친 숟가락 하나만도 못해진 것이 새로 산 신발에게는 미안할 일이다.

"지철 님, 저희 이제 갈까요? 내일 일찍 일어날 일이 있어서요~"

일찍 일어나서 메론빙수 먹을 거냐는 삐뚤어진 곡해를 하고서도, 아무렇지 않은 척 미리 계산을 하고 순종적인 사람이 된다. 그 친구 눈엔 내가 매미, 양배추 그리고 갑자기 새로 산 신발이었을 테니까.

이내 민법 시간의 '주물과 종물'시간이 떠오른다. 이론적으로 주물(신발), 주종(신발장)은 정해져 있지만, 인간의 관점은 여전히 관념적이다. '소개팅남을 만났는데 마침 맛있는 메론 빙수를 먹은 것'과, '맛있는 메론 빙수를 먹으려는데 소개팅남이 깔려 있는 것'과는 주종 및 관점 차원에서 정확히 180도다. 집에 돌아오는 길이 조금 더 힘들어졌다.

    # 나의 주된 열망은 무엇인가. 연애인지, 결혼인지, 그저 바다 앞에서 막걸리 먹을 수 있는 풍류인지. 그저 안경 쓴 뇌에게 "너는 무엇을 원하니?" 하고 매일 묻고 있다.

Our Own Summer

* 밴드 '검정치마'의 노래 제목들을 차용하여,

그해 여름 어떤 날, 어언 3년 전 즈음일 텐데. 나는 '기사'가 되어 위기의 '어린 양'을 어딘가에서 구하는 미지근하고 유치한 꿈을 꾸었더랬다. 지금도 꿈 탐험을 좋아하지만 그나 지금이나 내용이 생뚱맞고 요상한 것은 삶의 소소한 쾌락 중 하나다.

3년 전 그날을 여전히 기억하는 것은, 단순히 홍대입구로 가는 지하철이 고장 나서만은 아니다. 그런 시시껄렁한 이유 따위로 온전히 그날을 설명한다면 그날 있었던 미세먼지에게조차 미안할 일이다.

매섭게 뜨거운 여름 날에는 중무장이 필요한 겨울에 비해 코디의 조합은 매우 단순해지지만, 그럴지언정 고민의 시간이 줄어드는 것은 또 아니다. 꼴랑 위 아래 천 쪼가리 한 벌 입고 나간다고 3시간을 고뇌한다. 돌아보면 그 날이 내 삶에서만큼은 기념일이었기 때문이었던 것 같다.

　# 모든 날짜와 시간은 동일하게 주어지고 존재하지만, 관념적인 경중은 개별적이다. '어떤 날'은 더하고 어떤 날은 덜하다. 그 무거움과 가벼움은 대체로 한 시점에서 다른 시점으로 부여된다. 특히, 현 시점에서 과거를 평가하는 과정에서 그때의 가치가 부여되기 마련이다. 우리는 지금 걷고 있는 이 시간이 어떻게 평가될는지 모른다. 다만, 흐르고 나서야 그때의 의미를 미화하거나 절하할 뿐이다.

　# 홍대입구로 가는 7월의 말일에는 홍조 어린 모공을 가리고자 한 백탁 선크림이 있었고, 3시간 검열 거친 위이레 천 쪼가리가 있었으며, 아저씨가 되고 싶지 않은 청년의 프레쉬한 냄새 입자가 있었다. 삼십 대 초반 청년의 객기와 기대감이다.

　소개팅은 곧 영화와 같이, 기대하면 망한다지만 이날만

큼은 최소 류승완 감독이니 망할 수 없다는 생각에 예우를 갖춘다. 실제로 그 아이와 나는 첫 만남에 영화를 보기로 했다. 홍대 롯데시네마, 1시 반 영화를 보기로 했다.

'늦을지도 몰라 그냥 일찍 출발'한 것은 다행이다. 홍대입구행 열차가 고장 났으니, 계획 도착시간과 달라졌을 것인데, '당산'과 '상수역'은 가깝고 상수역에서 걸어가면 제 시간에 도착한 다는 것은 럭키상수한 일이다. 결국 꽤나 이른 시간에 영화관에 도착하니 마치 한참 먼저 와 있었던 사람처럼 장소를 잡고 이쪽으로 오라고 손짓한다.

그때 처음 본 그 아이의 모습 중 하얀 치마가 유독 남는다. '내 고향 거제도'에 눈이 온다면 아마 저런 순백색으로 내렸으려나. 시계의 '한 시 오 분'이 60초가 아닌 것 같다. 요상하다. 그 친구가 '선데이 걸'일지라도 그저 복음은 따라 가면 될 마냥 아닌가? '사랑이 전부'라고 외치던 조휴일 형아가 떠오르면서, 이내 그 아이와의 '아침식사'를 머릿속으로 마셨지만 다시 정신을 다잡는다.

그래 일단 처음 본 순백의 아이와 영화를 보러 가면, 당연히 남는 것은 진땀이고 버린 것은 영화 값이다. 영화가 끝나서 간 화장실의 휴지가 'Kleenex'인지 알 턱이 없다.

일 분 전에 생각했던 멘트를 까먹는 순간이 되면, 나 자신을 못 믿게 되면서 흔들리는 동공도 그저 우악스러운 병으로 느껴진다. 겨우 갈만한 곳을 찾았을 때, 군말 없이 동조해 줬던 그 아이 표정은 여전히 강렬한 잔상이다. 우리는 밝은 여름 저녁에서 이자카야와 와인집을 전전하며 때로는 일방에게 일방적일지 몰랐던 감정들을 공유했다.

달력의 모든 '빨간 날'은 그 아이의 생일이었다. 매주 생일 축하를 준비하는 마음, 그 감정들을 되뇌었던 것은 공유가 아니라 명분이었을까? 내가 행복해야 할 명분. 그것이 쌍방이 되고, 나만을 위한 명분이 아닌 순간 무언가는 틀어지기 마련이다.

이미지로 느낀 것을 글자로 표현하기는 너무 어렵지만, 글자는 여전히 매력 있다. '윤슬'은 그때의 내 감정을 내포하면서도 나름 예쁜 어감을 주니까. 수년 내 최고의 순간이라면 그 친구와 '윤슬'을 함께 느낀 순간이다. 부산

이 고향이지도 않은 '앵무새'는 내 말 따라 윤슬의 아름다움을 공감해 준다. 같은 것을 보고 같은 말을 하는 짧은 빨간 머리 앵무새가 내게 필요했던 것일까? 그 아이와 '폭죽을 터트리고 풍선'을 불었던 것이 불과 1~2년 내 이뤄진 이벤트였다는 것이 때론 멋지지만 구슬프다.

  # 여름은 덥고, 겨울은 춥다. 그렇게 계절은 단지 변덕스러울 뿐이지만, 인간은 종잡을 수 없다. 매미 울창한 뜨건 여름에 만난 커플은, 빙하기에 "얼어붙지 않을 거야"라고 장담하곤 동상마냥 얼었을 것이고. 겨울에 'Own summer'를 고대했던 커플은, '검은 모래'마냥 시꺼멓게 탔을 수도 있으니까. 다만 명확한 것은, 우리가 알던 그 파도의 윤슬과 커피의 살얼음은 돌아오지 않는다는 것이다.

고지 의무

　# 사람이 바퀴벌레로 변하느니 하는 극단적 상상은 N 성향인 내 경우에도 견딜 수 없지만, 아직 일어나지 않은 일을 상상하며 동시간을 두 갈래로 살아 보는 것은 나름 의미가 있다고 생각한다. 영화 《나비효과(2004)》는 개인의 단 한 줄기 일직선 타임라인을 여러 갈래 점선으로 확장 점철해 볼 수 있게 해 주면서도, 모든 가능성 안에서 후회의 싹을 자름으로써 선택에 대한 확신을 소급적으로 선사하는 교훈 명화다.

　영화는 주로 (과거의) '선택 — 결과'에 관한 이야기를 다루는데, "그 선택을 하지 않았다면 내 인생이 이렇게 되지 않았을 텐데…"라는 주인공의 병적인 집착이 끝없이 무너지는 과정을 그린다.

　다만, 나는 '선택' 이전에 있었던, '인지'에 초점을 맞춰 보고자 한다. 모든 선택과 행동, 그 이전에는 '앎과 모름'

에 대한 이야기가 먼저 서 있다.

도림천을 유유히 거닐며 떠올린 생각들은 오히려 낭만과는 거리가 멀다. 누군가의 스피커에서 어디서 많이 들어 본 대사가 쓱 박힌다.

"내 이이 이런 사람인 줄 그때 알았으면 안 만났지!!"

미혼자는 알 수 없을 것이지만, 나는 이 명대사가 '농담 반 진담 반'의 정확한 예라고 생각한다.

10년 전에 보던 아침드라마에서나 있을 법한 뻔한 대사는 진담이라고 곱씹어 보면 꽤나 많은 것을 내포한다. 사유의 중대성("이런 사람인 줄")과 고지의 시기("그때 알았으면"), 그리고 결과("안 만났다")의 연결선이다. 그것이 알고 싶은 나는 그들의 첫 맞선 날로 세 번쯤 돌아가 봤다.

1996년 2월, 종로 호텔 로비 카페. (— 서울 사투리)

1

- 이영수(남): 지희 씨는 혹시 취미가 어떻게 되십니까?
- 김지희(여): 저는 아무래도, 은행에 다니고 있어서
  경제 공부나 재테크 쪽에 관심 있어요!
- 이영수(남): 저도 비슷한 관심이 있는데, 정말 다행입
  니다! 저는 미래 가치에 투자하는 공부하고 있어요.
- 김지희(여): 대단한 걸요? 나중에 한번 듣고 싶어요.
  대화 재미있을 것 같아요!! 저희 그럼 미도파 쪽으로
  가 볼까요? 스테이크를 괜찮게 하는 곳이 있다고 들
  었어요!

- 이영수(남). 지희 씨는 혹시 취미가 어떻게 되십니까?
- 김지희(여): 저는 아무래도, 은행에 다니고 있어서
  경제공부나 재테크 쪽에 관심 있어요!
- 이영수(남): 저도 비슷한 관심이 있는데, 정말 다행입

니다! 저는 가치에 투자하는 걸 좋아하는데, 최근에
상장한 한보철강이라는 회사에 8천만 원 정도 큰 금
액을 투자했는데, 곧 엄청난 수익이 있을 것 같아요.
- 김지희(여): 아 그렇군요. 접때 들어 본 회사인 것 같
  아요. 대단하셔요. 저는 약심장이라 그렇게 큰 금액
  은 엄두도 안 나네요. 저희 일단은 일어나서 좀 돌아
  볼까요~? 날씨가 좋아서!

〈3〉

- 이영수(남): 지희 씨는 혹시 취미가 어떻게 되십니까?
- 김지희(여): 저는 아무래도, 은행에 다니고 있어서
  경제공부나 재테크 쪽에 관심 있어요!
- 이영수(남): 저도 비슷한 관심이 있는데, 정말 다행
  입니다! 저도 가치에 투자하는 걸 좋아하는데, 최근
  에 한보철강이라는 회사에 8천만 원 정도 큰 금액을
  투자했거든요. 2~3배 수익은 충분히 예상할 수 있습
  니다. 우성건설이라는 회사에는 손해가 3억쯤 있는

데. 뭐 잠깐 아니겠습니까? 하하

– 김지희(여): 아, 네! ㅎㅎ. 저 근처에 언니가 급한 일
이 있다고 해서 갑자기 좀 가 봐야 할 것 같아요ㅠ.

세 번의 다른 영수는 세 번의 다른 고지 정도에 따라 세 번의 다른 지희를 만났을 것이다. 아마도 1번이라면 둘은 현재였을 것이고, 3번이라면 그저 풋썸이 되었을 것이다. 우리 영수 님이 오히려 극강의 위험 감수 큰손 투자자 정숙 누님을 만나게 되면 더 행복했을는지도 모르긴 하겠다.

사실, 고지는 정도보다도 시기가 훨씬 중요하다. 이는 '흐린 눈'이 발현되는 기간과 상통하는데, 결국 눈치코치 싸움이란 얘기다. 그녀의 눈이 흐려질 때 치고 들어가야 한다.

1. 내가 피곤하면 코를 많이 고는데, 이거 당장 얘기할 필요는 없잖아?
2. 일요일에는 무조건 잠만 자야 하는데, 뭐 당장 얘기

할 거 있나?

3. 강아지 키우는 거 아직 얘기 안 했는데 괜찮겠지?

4. 지난 회사에서 쫓겨났는데 이거 지금 얘기해야 하나?

5. 주식 수익률도 지금 얘기해야 해?

6. 옛날에 빚 있었는데, 굳이 얘기할 필요 있으려나.

7. 병원 다니는 거 어차피 치료하면 되니까, 굳이 얘기하지 말자.

8. 부모님한테 용돈 보내 드리고 있는데, 이거 언제 얘기해야 할까?

9. 애는 꼭 낳고 싶은 건 아닌데, 지금 얘기하면 헤어지자고 하려나?

10. 담배는 피다가 끊은 지 좀 됐는데, 이런 건 바로 얘기해도 되겠지?

\# 관계 성공의 욕구는 결국 치부를 숨기는 데에 쓰인다. 상대방의 '흐린 눈'(에이, 뭐 그런 걸~ 괜찮아~)을 기다린 후 이야기하는 것도 좋지만, 사유에 따라 기산하는 관용의 소멸시효 또한 동시에 진행된다(왜 이걸 지금 얘기해?).

그렇다면 과연 언제 얘기했을 때 상대가 거부감 없이 이해해 줄 수 있을지, 어느 정도까지 사랑에 빠지면 모든 것이 흐려 보일지, 미야모토 무사시가 알려 주려나⋯ 싶다. 도와주세요.

사유가 중대하면 이야기가 또 달라진다. 그러면 뭣이 중헌지? 그것이 의문이다.

꼬리가 긴 생각들은 의외로 법리를 들이밀면 간편해질 때가 있다. 똑똑한 척 민법의 혼인취소법리(민법 제816조 제2호 또는 3호)를 가져와 본다. 그 중대한 사실을 알았더라면 혼인을 하지 않았을 것이라는 데에 요지가 있다. '범죄', '이혼', '중대 질병' 이력 등은 통념상 중대하고, 그 중대함은 나아가 과거의 내 선택에 영향을 미친다는 것이다.

지회가 영수의 질병 이력을 알았으면 사귀지도 않았을 것인데, 몰랐으니 결혼 준비까지 한다. 내가 아는 사랑스런 영수는 앞으로도 사랑스러울 것이니까.

결국, '앎과 모름'은 결과에 중대한 영향을 미친다.

다시, 고지의 시점으로 돌아간다. 사실의 주관적 편협이 대의를 결정한다는 것은 조금 불편하다. 아침에 말하면 사랑에 빠지고, 저녁에 말하면 남이 되는 것과 다름없는 이치인데, 시기가 관계를 결정한다는 것은 이해하기 어렵다.

다만 옹졸한 결론으로 '장래성'의 관점에서 보자고 한다면, (예를 들은) 동거와 전과 이력 때문에 '앞으로' 도저히 견딜 수 없다면 안 되는 것이고, '흐린 눈'의 내가 그 정도는 괜찮다고 하면 또 괜찮아 버릴 일이다. 결국 '흐린 눈'은 언제 발현되는 것이냐. 라식이 맞을지 라섹이 맞을지 고민 중이다. 또렷해지는 것이 과연 좋은 것은 아니라는 것을 이제 안다.

현생은 영화(《나비효과》) 같은 것이 아니기에, 혼인 경력 및 동거 경험 또는 파산 이력 같은 사유에 대해 관대하지 않다. 치유될 수 없는 과거의 존재, 그것을 안다는 자체는 내심의 본질적 괴로움이다. 과거와 현재를 구분할 아량을 베풀어 주는 상대가 있길 막연히 기대할 뿐이다. 삶이 1인칭이라고 하면, 때론 중대한 사유는 몰랐

어도 충분하다고 생각한다.

오늘(7. 2.) 먹은 삼각김밥(6. 10. 유통기한)이 너무 맛있고, 숙취해소제인 줄 알고 먹은 영양캔디 덕에 술이 바짝 깨는 걸 보니 원효대사는커녕 꽃밭에서 노는 내가 훨씬 위인스럽다.

혼인 취소 법리든 장래든 미래든 그저 사랑에 눈먼 맹인에게는 렌즈도 보청기도 필요가 없다. 아무것도 모르는 바보를 우리는 조금 더 꿈꿔오지 않았으려나 싶다. 오늘은 튜닝 나간 기타를 멋들어지게 치며 노래하는 모습이 조금 더 행복해 보인다. 가장 어두운 것이 가장 밝다.

붙임. 고지의무 조견표 1부. 끝.

<붙임>

고지의무 조견표

고지 의무	고지 단계		
✕ – 고지 불필요	1단계: 소개팅(첫만남)		
▲ – 고지 고려(시점 주의)	2단계: 썸		
● – 고지 권장	3단계: 연애		
★ – 고지 필수	4단계: 결혼 준비		
항목/단계	**1**	**2**	**3**	**4**
학력	▲	▲	●	★
직업(직장)	●	●	★	★
가족관계(상세)	▲	▲	●	★
부모님 노후 준비	✕	▲	●	★
만성 질환	✕	▲	●	★
정신과 상담 이력	✕	▲	▲	●
수면 습관(코골이 등)	✕	▲	●	★
재산/투자 내역	✕	▲	●	★
제사 여부	✕	▲	●	★
범죄 경력	✕	▲	●	★
연애 횟수	✕	▲	▲	●
동거/혼인 경험	✕	▲	●	★
종교/신앙	▲	●	●	★

항목/단계	1	2	3	4
결혼 의향(비혼 등)	▲	▲	★	-
자녀 계획(딩크족)	✕	●	★	★
전 연인 외모	✕	✕	✕	✕
음주 성향	▲	●	●	★
흡연 여부	▲	●	★	★
성형 여부	✕	✕	▲	▲
과거 이별 사유	✕	✕	✕	▲
연봉/수입	✕	▲	●	★
부채	✕	▲	●	★
부모 직업	✕	▲	●	●
정치 성향	✕	▲	●	●
검진 결과서(3년 이내)	✕	✕	▲	★
이성 친구 수	✕	●	●	●
과거 병력(완치)	✕	▲	▲	●
유전 병력	✕	▲	●	★
탈모 유전자	✕	✕	▲	●

고슴도치

"전지전능한 쥐피티야, 최대한 너 말고 사람이 쓴 것처럼 써 줘."라고 하면, 전 세계 대학생 담당 쥐피티들은 일제히 코웃음 기능의 도입을 논의해야 한다. 레포트라면 귀여운 수준이지만, 종종 쥐피티가 인간의 중대사를 결정하게 될 때 문제는 달라진다. 때로는 누가 주인인지 불명확해질 때가 있다.

넷플릭스 명작 《블랙미러》의 〈시스템의 연인〉 에피소드는 '대상', '만남의 길이', '행동의 내용과 여부' 등을 결정해 주는 AI시스템 하에서의 사랑을 다루는데, 시스템을 교주처럼 따르면 결국 배필을 만나게 된다는 수동적이고 우매한 세계를 그린다. 다만 마냥 우매할 수도 없는 것은, 배경 데이터가 명확하다면 인간보다 AI의 추론과정이 명확하니 오답에 이를 확률이 거의 사라지기 때문이다. 매우 합리적인 세계처럼 보이지만 그다지 인간적이지는 않다. 합리성과 인간성은 꽤나 동떨어져 있다.

　# 대충 스물아홉 번째 소개팅이다. 92년생 동갑에 경력이나 직무도 비슷하니, 묘하게 긴장감이 사라진다. 금요일 저녁이면 편안하기도 하고, 마곡나루라면 그리 멀지도 않다. 소용해 보이는 이자카야에서 만나기로 했다. 퇴근하고 매무새 다듬을 틈도 없이 달려간 이자카야 3번 룸에는 이미 상대가 앉아 있었는데, 이름은 '준희' 님이라고 한다.

　모듬회와 오뎅탕을 시키고, "준희 님, 요새 회사 생활은 어떠세요?"라고 던진 포탄은 금세 요격 당하고, "혹시, 집 있으세요?"라는 틈새 공습으로 반격당한다. "네, 지방이라 변변치 않지만 그래도 있기는 합니다!"라고 정직하게 응수한 나는,

　"혹시, 차도 있으세요?"

　"부모님은 어떤 일 하세요?"

　"어떤 종목에 투자하세요?"

　"문과세요, 이과세요?"

　"등산이나 클라이밍 좋아하세요?"

"친척관계도 물어봐도 돼요?"

등 이루 다 반격 못할 대략 20여 가지의 질문을 삽시간에 융단폭격 당한 뒤, 너덜너덜해진다. 오늘 집에 가면 일전에 들락거리던 독취사 카페에 들어가서 면접 후기나 써야겠다.

그분의 긴 생머리가 유독 귀를 가렸던 것을 보면, 그 안에 에어팟이 들어 있고 쥐피티가 지령을 내리고 있었음이 분명하다.

"집이 있으면, 집안이 유복할 확률이 70퍼센트입니다. 그리고 그 경우 대체로 성격이 무난합니다. 따라서, 집 소유 여부를 물어보는 것은 큰 의미가 있습니다."

"이과인 경우, 특정한 확률로 공감능력이 매우 떨어질 수 있습니다. 충분히 확인할 필요가 있습니다."의 조언을 속삭였을 것이고,

"클라이밍을 좋아하는 사람의 경우, 성취와 상승욕구가 과할 수 있으니 미리 참고할 필요가 있습니다." 따위의 멍청하고 단순한 이야기를 당위처럼 말하기도 했을 것이다.

내 친구 하은이를 등산에 끌고 가서 강제 합격시켰던 썸 개저씨의 썰이 떠오르기도 한다. 그 아저씨도 머리가 길었으려나.

이름 있는 기업에서도 '합숙', '등산', '음주' 면접을 자행한다. 여전히 장인어른들은 술 멕여 봐야 사람을 안다고 하고, 팀장들은 팀원들이 어디로 군대 갔다 왔는지가 궁금하다. 보수적인 회사에서는 옷의 길이를 보지만, 개방적인 회사에서는 옷의 색깔을 본다. 좋은 대학과 좋은 경력을 가지고 좋은 사람을 추론하는 것은 슬프지만 너무나도 자연스럽고 인간적인 과정이다. 당연히 인간은 효율적 추론의 본능을 가지고 있기에 모든 객체들을 넘겨짚기 마련이다.

다만, 이때 눈치 없이 쥐피티가 낀다면 이야기가 달라진다. "문신이 있으면 좀 그런데…?"와 "문신이 있으면 -5점입니다."는 심가하게 다른 판단이다.

전 세계의 정보와 추론이 쥐피티를 통해서 통합되는 것은 대단하지만 무서운 얘기다. 정보는 통합될수록 한

가지로 응집하거나 귀결하기 마련이고, 자연스럽게 인간 판단의 유연성은 사라져 갈 뿐이다. 이 쥐새끼 같은 쥐피티 때문에 우리 자율과 주체가 사라져 가는 것이 그저 개탄스럽다. 소위 말하는 '육각형 남/여자'는 쥐새끼를 만나 '십삼각형 남/여자'가 될 수 있고, 십삼각형 남자와 여자를 찾기 위해 인간이 쥐피티를 다시 찾게 된다면, 결국 육십각형 남/여자만이 최선의 상대로 귀결된다. 사람들이 인공지능을 찾을수록 육각형은 더욱 세밀해진 나노 단위가 될 것이고 종래에는 뾰족해져서 고슴도치가 될 것이다.

동그란 메타몽이 나노 단위의 고슴도치가 되는 것은 과연 인간적인 것인지 매우 우려스럽다. 결국 그 뾰족한 것은 곧 주인인 우리 자신을 찌르기 마련이니까.

뾰족한 고슴도치는 매우 유용하지만, 이를 동글동글하게 깎아 쓸 수 있는 주체적인 칼을 가지게 되길 바랄 뿐이다. 그리고 이왕이면 고슴도치는 일할 때만 쓰고 소개팅 할 때는 포켓볼 속에 좀 놓고 오자.

가짜 배고픔

아주 가끔 동생 커플과 연남동 카페거리에서 조우하게 될 때, 다가오는 외로움의 증폭은 그저 기분 탓이 아니다. 쌍쌍 커플들이 즐비한 곳에 커플과 함께 가는 것은 정신적 자해에 가깝다. 분출되는 페로몬에서도 왠지 역한 홀애비 향이 나는 것 같다. 그렇다고 그들의 불행을 바라는 것은 아니니, 아직 나에게 선량한 의식이 남아 있다고 자부하는 정도로 자해를 멈춘다.

시기와 상황에 따라 발현되는 외로움은 코로나 바이러스 마냥 치명적이다. 부끄럽고 어색하다는 이유로 소개팅을 꺼려하지만, 감염된 나는 용기가 있다. 인싸인 후배에게 대뜸 안위를 묻는다.

"형석, 요새 어케 지내?"

돌아온 형석의 답은, "뭐 그렇지. 왜, 개팅 해 줘?"

역시, 인싸는 아무나 하는 게 아니다. 소개팅을 부탁하는 것은 매우 어려운 일이라, 과부하를 일으킨다. 어떤 스타일을 좋아하냐는 형석의 말에 잠시 느려진 혈류에 채찍을 때리고 싶다.

"그냥… 아무나 적당한 사람…"

"형, 그럼 진짜 아무나 해 준다?"

"응, 너가 괜찮다면 괜찮겠지. 그냥 몇 살이고, 어디 사는지만 알려 줘…"

"양희주, 94년생, 병원 다니고, 영등포 살아. 가깝네."

백신은 맞을 생각이 없다.

홀린 듯 사진도 없이 얼떨결에 블라인드 소개가 되었다. 오히려 묘한 설렘을 자아내는 트렌디한 소개팅이 된 것이라고 혼자 정신승리로 자축 파티도 해 본다. 현진이 때도 사진은 흐렸으니까… 그래, 억텐이 위험한 건 알겠지만, 제어할 수는 없는 노릇이다.

35번째 소개팅은, 영등포로 간다. 영등포는 특성상 번잡하고 시끄러우니, 성심을 다해 조용하고 운치 있는 고층 파스타집을 예약했다. 약속된 12시 30분 정시에 누군가가 내 쪽으로 온다. 다가올 수록 불안해지는 것이 또한 기분 탓만은 아닌 것 같다.

거의 대충 3초 만에 가부가 결정되는 동시에 2차 장소가 아닌 2차 여부를 고민하는 것은 감염으로 마비된 판단력 때문인지, 내가 태초의 본성으로 돌아간 것인지 의문이다. 형석이에게 미안해지면서, 5년간 회사 선배에게 배운 사회 광대 스킬을 총 동원하여 분위기를 조성해 보려 한다.

가짜로 가고 싶어서 간 화장실에서 본 시계는 12시 50분을 말했고, 진짜로 가고 싶어 간 화장실에서 본 시계는 13시 30분 정도를 말했다. 2차는 어떻게 해야 하지… 온갖 핑계를 떠올리지만, 방책이 없다. 선배님 이거 맞나요…? 쩔 수 없이 간 카페에서 커피에 취한 그분이 "저는 사실 공산당원이에요."라고 말했으면 싶었다. 귀가길에 클릭한 유튜브 핫 컨텐츠는 유독 재미가 없다.

냉장고에 어제 남긴 피자를 고이 모셔 두고도, 쿠팡이츠로 얼큰 순대국을 경건하게 새로 시킨다. 이쯤 되면 배달 어플은 아주 견고한 형태로 사람을 공략하고, 결핍

또는 욕구를 자본화하는 데 성공하고 있다. 평양냉면을 배달 받을 수 있었다면, 이미 나는 쿠팡이츠의 노예가 되었을 것이다.

헌데, 50분 정도 구청 수영장에서 헤엄치고 왔다 치면 쿠팡이츠는 그저 거적데기로 전락한다. 내일 마인부우로 괴변하더라도, 생존을 위해 당장 냉장고에 있는 보름 지난 오징어젓갈 반 통을 삼키거나 짠바리 김치를 아작아작 씹어 먹었을 것이기 때문이다. 가짜 배고픔과 진짜 배고픔을 분간하는 것은 다이어터에게 교리 같은 것이다. 배에다가 부착하는 거짓말 탐지기는 얼마를 불러야 할지, 다이어터에겐 꽤나 비싸게 먹힐 것 같다.

결핍의 시계는 언제나 초점이 틀려 고장 나 있다. 가끔 사람들은 심연 속 결핍을 꼭 대상의 부재 때문인 것으로 단순하게 오인하고, 나아가 자기를 연민한다. 얼큰하면서 자작한 순댓국이 먹고 싶은 거면서 단지 배가 고프다고 투덜대고, 하얗고 선한 이상형과의 미래를 그리는 거면서 단지 연애를 못한다고 칭얼댄다. 배는 고프다고 부여잡으면서 보름된 오징어젓갈은 줘도 안 먹는 가짜

고픔 무새의 위선이랄까.

구체적 본질의 결핍과 일반적 객체의 부존재는 구분될 필요가 있다. 냉동실에 얼린 피자와 삼겹살이 한 박스인데, 순댓국만 찾는 당신은 과연 배고픈 사람인가.

인고의 시간을 거쳐 진짜 배고픔까지 이르는 것은 다이어터의 경우 매우 유익하지만, 반대로 줏대 없이 진짜 외로움에 이르는 것은 매우 위험하다. 사람은 단순한 욕구 발현의 객체가 아니기 때문이다. 오히려 가짜 외로움이 무너지지 않도록 벙커와 터렛의 진지를 무한히 구축해야 할 뿐이다. 가짜 외로움이 무너지면, 그때는 정말 연애와 결혼에 미친 본능의 찐 무새 기계가 될 것이다. 몸뚱이는 줄이는 게 미덕이라지만, 자아와 주관은 딱히 슬림해질 필요가 없다. 통통한 무소의 뿔(?)처럼 거침없이 굴러가야 한다.

최선의 방어선, '이상형'을 정해 보기로 한다. 다만, 정조대왕 수라상처럼 허황된 밥상은 의미가 없다. 두세 번 정도 현실 패치하면 나도 현실적인 사람이 될까 생각

해 본다. 화이자 또는 아스트라제네카 보다 우리 자신이
위대하다는 것을 언젠간 보여 줄 수 있으면 좋겠다.

동방예의지국

"안녕하세요. 한지철 고객님, 신한카드입니다." 영업 전화가 주로 070으로 오던 시절에 나는 아무 생각 없이 "네 네."를 연발하다가 인적사항까지 다 내어 줄 참이 되어서야 아차 하고 전화를 끊어 버렸더랬다. 거절이 불편했던 당시 내 이별의 방식 또한 별반 다를 것 없었다. 그저 헤어지자는 말을 굳이 온갖 수사로 540도 이상 뱅뱅 감아 보냈다. "그래, 너만 착한 사람이지." 미안함으로 미화된 쓸데없는 미련함은 관계에 별로 도움이 안 된다는 것을 이제 조금은 알았을까. 만인에게 착한 사람이 되고자 하는 것은 욕심도 아닌 그저 병이다.

3번 출구를 나가면서, 때때로 또는 종종, 지상을 맞이해 주시는 한두 분 아주머니의 손에 전단지가 들린 것을 보면, 습관적으로 최대한 젠틀한 투의 거절 인사와 제스처를 준비한다. 호흡을 가다듬고 멋지게 "죄송합니다."
하고 고개 숙이려는 차에, 오히려 눈길도 주지 않아 머쓱
해지는 때면 그 광고는 필라테스였을 것이라고 위로하
는 편이다.

반면, 신촌역 도인들의 눈은 살아 있다. 실제로 깨우친
도를 통해 약한 기를 감지하거나, 혹은 관상학을 공부했
음이 틀림없다. 유순해 보이는 나는 언제나 그들이 주된
표적이 되곤 한다.

다만, 표적도 반사적 직감과 레이더가 있다. 2인 1조
또는 독단적으로 활동하는 습성, 조심스러운 척 훅 들어
오는 제스처, 그리고 무언가 퀭한 눈빛. 그런 것들은 본
능적으로 꿰고 있다. 헌데 오늘은 누굴 잡으러 왔는지 이
글이글한 것이 나는 수적 열세에 몰린다. 기를 숨기고 은
폐 엄폐하며 지그재그로 걷고 뱅글뱅글 돌다가 결국 수
업에 늦어 신호에서 뛰다 발목을 접질린다. 도인들이 축
지법을 쓴다는 얘기는 아직까지 들어 보지 못하긴 했는
데… 어쩌겠나, 접질린 곳에 긁힌 상처에 철철 나는 피가
굳어도 이따 올리브영 가서 대일밴드는 붙여야겠다.

수업이 끝나면, 형석이가 내 준 과제, '이상형 설정'을 해야 한다. 최대한 둥그렇게 또 어렵지 않지만 주체적으로 한 번 생각해 본다. 아무래도, 외모는 희멀건 것이 좋고, 성격은 그저 무던했으면 좋겠는데 이렇게 말하면 분명히 과락이겠지. 형석이는 이과다. 대충 원하는 키와 지역, 그리고 직업과 조건 부분까지 무작위 상상에 의한 지표들을 빼곡히 적었다가 부끄러워 이내 다시 지워 버렸다. 교수님, 한 번만 봐 주세요.

닭갈비집에서 만난 형석 교수는 의외로 관대했다.

"알았어, 형. 그냥 하얀 사람이 좋다는 거지? 그리고 성격도 형이랑 비슷하면 좋다는 거잖아. 뭘 어렵게 생각해. 좀만 있어 봐."

흡입된 닭갈비가 계산될 때쯤, 형석이는 두 장 정도의 사진을 보여 주며 말한다.

"94년생, 화장품 회사 다니고… 이슬이 누나. 잠깐만, 형 사진 보여 주니까 맘에 든대."

 # 속절없이 소개팅 횟수만 늘어 간다. 다음 날 출근해서 적당한 일과 시간에 카톡을 보내 본다.

"슬이 님, 저 형석이 통해서 연락처 받은 한지철이라고 합니다. 일과 중이실 텐데, 편하실 때 연락 주세요~"

제법 정형화된 느낌이 불편하면서도 자연스럽다.

이내, "아, 네. 이슬이라고 해요. 저희 언제쯤 보면 좋을까요?"라는 답신에, 잡소리는 필요 없을 것으로 생각한 나는 눈치 빠른 나를 자찬하며 날짜와 장소를 호쾌하게 제시하고 모든 것을 픽스한다.

만나기 전에 굳이 이야기를 많이 안 하는 것이 오히려 깔끔하다는 뭇 친구들의 이야기는 나름 이해가 된다. 다만, 나는 여전히 그것이 관계의 효율과 거절의 염두 때문이라고 혼자 소수설을 주장하고 있다.

여하튼, 그분과는 토요일에 사당의 초밥집에서 만나는데, 눈코입이 잘 안 보이는 것이 비단 이 스시집의 허연 가구들 때문인지 싶다.

잘못은 형석이인지 나인지, 혹은 그 누구의 잘못도 아닌지 괜스레 궁금하다. 객관화되지 않은 지질남인 나도, 개팅 구력이 40회 정도 쌓이면 5분 내로 스탠스가 결정된다.

'근처 카페 갔다가 집 가야지…'

호감 측정기도 필요 없을 정도로 여느 때와 다름없이 두번째 만남까지는 예정하지 않는다. 토요일의 만남 전 설렘, 멋쩍은 대화, 그리고 인간적 공감 후에 남은 것은 일요일의 자연스런 거절 방식이다. 48시간 안에 이뤄진 감정과 태도가 소개팅의 효율이라면 그 나름은 부정할 수 없다. 부지런한 슬이 님의 선데이 모닝 카톡("안녕히 주무셨어요? 오늘은 날씨가 진짜 맑네요!!!")에, 기상 후 연습한대로 정리문을 준비한다.

"슬이 님, 어제 정말 재미있었는데. 저와는 이성으로 잘 맞지는 않을 것 같단 생각이 들었어요…! 더 잘 맞고 좋으신 분 만나시면 좋을 것 같아요. 응원하겠습니다!!"라고, 전송 버튼을 누르려는 순간 발현하는 "내가 뭐라고 이런 분을 갑자기 거절해?"라는 착한놈 콤플렉스 따위와 억지 선량 덕에 "확실히 어제보단 최고네요! 오늘은 일정은 뭐예요?"라고 답하고 잠들어 버린다.

그리고, "오늘은 가족들이랑 이케아 가서 구경하려구요!!"라는 답장 옆에 달려 있던 1은 결국 새벽 1시나 되어서 없어진다(없애 버렸다).

강단녀 하은이가 이 사실을 알게 되면 나는 갈리다 못

해 절구 속에 가루로 빻일 것이다.

낭랑한 거절은 나에게만 어려운 것인지 의문이다. 맺고 끊는 것이 대일밴드를 떼는 것과 같다면, 찔끔찔끔 치졸하게 0.1mm씩 떼는 것보다 한방에 촤악 떼는 것이 훨 멋지고 강단 있다. 오히려 그것은 멋짐의 부류보다도, 깔끔의 부류에 가깝다.

그렇지만, 애초에 맺으려고 간 소개팅에서 하루만에 자연스런 끊음을 고려해야 하는 것은 매우 냉하다. 자그마한 대일밴드를 촤 떼는 것과 압박붕대 속 냄새나는 초강력 흡착밴드를 떼는 것은 천지 차이이기 때문이다. 관계가 깊어질수록 접착력은 엉겨 붙어 당최 한방에 뗄 수가 없으니, 언제까지 붙이고 있어야 할지, 언제 떼어야 할지, 얼마나 강단 있게 떼어 버려야 할지, 결국 삼프터까지 하는 것도 무서운 세상이다. 나는 병 걸린 쫄보라 야금야금 0.05mm씩 떼야 한다.

"관계가 깔끔해서 좋다는 사람이 과연, 가족 또는 연인 상호 관계의 깊이를 담보할 수 있는가?" 하는 물음은 있다.

관계의 깊이는 때론 지저분하고, 거미줄처럼 엉긴 압박 밴드 속 숙성된 흡착 밴드처럼 떼기 어려울 수도 있으니까.

9호선 지옥철에서 닿는 타인의 촉감을 소스라치게 싫어하기만 하는 현대의 우리가, 과연 어떤 수준의 감정을 우리 안으로 들일 것인지. 엮이기 싫어 격화된 개인주의가 그저 나쁘다고만 볼 수 없다. '거절'은 내 경계(zone)으로 들어오는 것이 싫어 행사되는 방어권이지만, 감정은 둘과 셋 이상의 연대로 시작한다는 것을 보면 결국 모순이다. 클린한 관계는 어디에서 시작하는지 달걀보다는 닭한테 물어보는 게 나을지도 모르겠다.

거절의 예의와 강단, 나아가 철벽은 모호한 경계를 맴돈다. 거절 못하는 것은 착함과 예의가 아니라, 미련하고 이기적인 것임을 알기도 한다. 그럼에도, 공동체 의식과 내적 선량함 그리고 이타 의식과 인간적 포용은 가치가 있다. 가치의 실현과 각자의 방법은 그저 내밀하게 연구해 볼 뿐이다.

출근길 복도 끝에서는 평소 잘 보이지 않던 재무팀 정민정 대리님이 보인다. 대리님이 조금씩 가까워질 때,

그 '손에 쥔 종이컵'과 '팔뚝의 대일밴드'가 순차적으로 보인다. "사물이 거울에 보이는 것보다 가까이 있음"이라는 사이드 미러 문구가 떠오르면서, 내 눈이 드디어 거울이 되었나 했다. 아침 댓바람부터 형석이에게 이상형의 변경을 통고하고 싶다.

"형석아, 이제 소개팅 안 해 줘도 돼."

(아침부터 웬 오뎅 국물을 먹었나 보구나. 종이컵 못 버리고 왔네! 그리고 저긴 왜 다쳤지?)

없는 넉살 꺼내서 부려 본다.

"민정 대리님, 어쩌다 다치셨어요?"

돌아오는 것은, "아 네, 안녕하세요." 정도의 칼바람 답 정도였다.

과연 참 동방예의지국이다.

자각몽

오늘은 계양산에서 벌레 육 만 마리가 암수 다 같이 노니는 지저분한 꿈을 꾸고 나서 깨었다. 워크샵 날에는 뭔가 모를 가벼운 홀가분함과 업무상 포맷된 깨끗한 두뇌로 나서면 되는 것인데, 지저분한 러브 벌레 꿈과 우중충한 날씨 덕에 그저 무겁고 흐리멍텅한 상태로 집을 나간다.

출발 버스 탑승에 지각한 고로, 안락한 1인석 창가 자리는커녕 위치 선택권 자체를 잃을 모양이다. 나라 잃은 강아지 마냥 땀만 뻘뻘거린다. 중간쯤 눈에 띄는 단 하나의 빈 자리에 앉을 수밖에 없다. 아무 생각 없이 진입하다가 버퍼링 걸리는 두 발은, 빼꼼히 나온 정민정 대리의 칼단발 때문인 것이 맞다.

"정 대리님, 안녕하세요~"

나는 매우 사무적인 인사로 지난번 철벽에 반격하며

극소심좌임을 입증한다.

답이 없다. 노이즈가 아무리 캔슬되더라도, 인기척이 있으면 돌아는 봐야 할 터인데.

역시는 역시네 하고는, 팔에 대일밴드가 없는 것을 슬쩍 흘기고, 축가 연습을 위한 슈퍼 헤드셋을 장착하려는 찰나에서야 돌아본다.

"오, 안녕하세요. 지철 대리님. 늦으셨네요?"

극도의 긴장은 오히려 동력이 있다. 성대와 헛바닥의 모터가 가동되면서, 촉새의 마법이 또 다시 시작된다. 홍천까지 3시간 동안 강제로 붙어 가야 하는 대리님과 나는, 같은 '섬 사람'(거제도, 제주도)임과 '경영학과' 출신이라는 공통점 외에도 흡사 소개팅에서나 할 법한 영화, 음식 취향, 일상, MBTI까지 1시간 동안 스몰토크 두 바퀴를 돌고선, 2시간 숙면을 취한다. 기사님이 엑셀과 브레이크를 동시에 밟고 가는 꿈도 좋지만, 러브 벌레가 십만 마리 양성되는 꿈이라도 이제 그닥 나쁘지는 않은 것 같다.

찰나의 이벤트가 한 주의 생기를 불어넣곤 한다. 세미나장, 대연회장, 심지어 동기끼리 떠난 산책로에서조차 칼단발을 찾았으며, 조식을 몇 분에 먹으러 가야 할지, 귀가 버스는 어느 시점에 타야 할지 고뇌한다. 이것은 아마 프롬프트의 입력 또는 필요 조건의 등록이다. 못내 결과를 이루지 못하더라도 바퀴는 돌았으니 되었다. 입력과 등록, 그리고 감지가 비록 착오에 의한 것이더라도, 꽃밭에 사는 나비 눈에는 그저 세상이 무릉도원일 뿐이다.

가장하지도 않은 우연은 꽤나 쉽게 온다. 재무팀과 함께 하는 TFT덕에 정민정 대리는 3주 간 화요일, 목요일에 등장한다. 화요일과 목요일 회의실 머스크 향이 유독 진한 것은, 정 대리 때문이 아니라, 갓 장만한 내 향수 때문이라는 것을 알게 되어도 마냥 즐거울 뿐이다. 정 대리가 발언하는 소리는 유독 튠으로 보정되어 또랑해지고, 멘트 하나하나가 왠지 프로페셔널해 보인다.

단계를 넘어서면, 우연에는 몇 가지 의미가 부여된다. 운명 따위의 허황된 이야기를 하고 싶지는 않다. 정 대리가 앉은 자리가 유독 내 앞자리임과, 정 대리가 내 일에 관여하는 태도("한 대리님, 작년에 기획하신 거 꼼꼼히 읽어 봤어요."), 그리고 내 종이컵만 함께 버려 주는 마무리 습관 등에 의미가 부여된다. 게다가, 점심시간에는 "한 대리님 콜라 못 드시니까 물로 바꿔 주세요."라는 성스러운 은혜까지 입기도 했으니, 호감에 대한 순 반작용이 단순 착란이 아니라는 데에 재산 얼마든 걸어야 한다.

'입력과 의미부여'의 단계를 지난 호감은, 제동이 없는 한 '추론과 몰입'으로 나아간다. 이 때까지 얻은 다량 정보로 가장 이상적인 정민정을 그리면서, 그 정민정과 꼭 맞는 것은 나라고 몰입하는 수순이다.

어벤져스 예고편만 보고도 인생작이라 호언하듯, 정민정의 모든 작고 가벼운 움직임들은 호혜적이며 품격 있는 것이다. 그녀는 나에게만 친절하고, 다른 사람들에게는 사무적이다. 나의 것을 유독 기억해 주고, 타의 것은 블러 처리한다.

정 대리의 행동이 나에 대한 호감이 아닌 경우, 다른 해석이 불가능하다는 가설과 논리를 풀어낸다. '추론과 몰입'을 거쳐 결국 '정당화' 단계에 이른다.

내 마음을 이야기하지 않으면 중죄에 해당할 것이라는

결론에 이른다. "좋아한다, 안 좋아한다, 좋아한다" 순으로 염불을 외면서, 꼭 세 잎 혹은 다섯 잎 클로버만 찾아 다니고 있다.

늦지 않아야 한다. 작은 곰인형과 그저께 쓴 편지를 우체국 박스에 에둘러 은폐하고, 금요일 퇴근길 잰 걸음으로 정민정 대리를 뒤쫓아 간다. 칼단발이 유독 천천히 걷고 있는 것 같다.

"대리님, 저 드릴 것이…"라는 말이 맺히자마자,

"한 대리님, 혹시 소개팅 하실래요?" 동문서답.

사고가 났다.

고백이 공격으로 전락한 순간.

대리님이 나에게 '급발진' 또는 '운전미숙'의 프레임을 씌우기 전에, 어서 분리수거장으로 가야 한다.

호감과 착각이 1인칭이라는 것은 공통이다. 호감과 착각이 자연발생적이든, 타체유발적이든 내 머리와 눈으로 보는 내 세상에서 이루어지는 것이다. 이는 정돈된 사고가 아니라, 막무가내로 요동치는 자의식의 몸부림

에 불과하다. 상대의 호감이 실재인지 착란인지 여부는 당시에 알 수 없으며, 그 해석은 사후에 소급적으로 평가받게 된다. 정답지는 시험이 끝나야 볼 수 있다. 그러니 행동에 대한 주관적 해석은 경험과 감각에 의해 적중 확률을 높이는 것만이 최선일 뿐이다.

의미 없는 것에 생동을 부여하는 것은 나 자신이고, 똥파리가 앵앵거리는 것을 천상의 운율로 착각한 것도 그저 내 멋대로다. '확증 편향'과 '잘못된 신념'은 뚱딴지 같은 가설과 추론을 낳기에 초기에 진압하지 않으면 세포 덩어리가 커질 뿐이다. 정민정이 내 앞에 앉은 것은 그저 원래 그 자리가 편했을 뿐이고, 내 기획안을 읽어 본 것은 그저 프로젝트의 퍼포먼스에 대한 의지 때문이었다. 내 종이컵을 치우는 것은 단지 정리였으며, '콜라 대신 물'은 쓸데없이 좋은 기억력으로 주문 낭비를 방지하기 위함이었다.

정민정은 아무 것도 하지 않았다. 그저 이름처럼 앞 뒤가 똑같았을 뿐이다.

제주도에는 요망하다(?) 요망지다(?)라는 말이 있다고 하는데, 역시 제주도 사람이라 아주 그냥 요망스럽다.

3주 동안 혼자 춤추고, 혼자 꿈꿨다. 어쩌면 꿈인지 알고 있었는지도 모르겠다.

* '요망지다'는 제주도 사투리로 똑똑하고 야무지다는 칭찬입니다

헤드헌터(*)

* 오형석(29, ENFJ)의 시선으로 쓰는 글

여자친구는 유독 캐치테이블과 테이블링을 좋아한다. 땡볕과 혹한 속 기다림의 비효율을 문명으로 극복한 좋은 사례이기 때문이다. 인류 내 경쟁은 자명한 것이지만, 경쟁을 관장하는 우리네 방식은 꾸준히 변모해 왔다.

인기 오마카세 예약이나 흠뻑쇼 티켓팅 같은 것들에 대해 공정과 형평의 문제가 제기되지 않는 이유는, 각자에게 제공되는 통신망의 질이 '동일'하다고 믿기 때문이기도 하지만, 땀 흘리며 무식하게 줄 서지 않게 해 준 '문명에 대한 감사'가 선행되기 때문이다. 먼 미래에도 공정은 효율의 방향으로 피어나야 한다. 그러니 이번 달에도 우리는 압구정 유명 셰프의 레스토랑에 도전했지만 고스란히 서로의 엄지 손가락만 탓했다.

캐치테이블과 테이블링이 선착순으로 비집고 들어가는 게임이라면, 소개팅, 연애, 결혼 시장은 둘씩 짝지어 탈출하는 게임이다. '둥글게 둥글게' 게임이 2명 기준으로 무한히 진행되는 것은 어찌 보면 오징어만큼이나 기괴하지만 그것은 현실이다. 적어도 우리는 몇 년 간 이 시장에서 그들의 탈출을 돕는 헤드헌터를 자처했다.

고전적으로는 '중매'라고 표현하는데, 단순히 '중매'라기엔 표현의 그릇이 너무 작다. 우리는 서로를 연결해 주는 행위 자체에 만족이 있다. 이제까지 지내온 대학, 동아리, 소모임, 여행자, 동네 주민들이 연결의 대의를 위한 양분이 될 줄은 전혀 몰랐지만, '최익현'(《범죄와의 전쟁》)의 인맥 수첩만큼 될는지도 모른다. 여섯 다리 건너면 온 인류는 하나다. 자만추의 낭만을 차치만 해 주면, 우리는 극도의 효율을 제공할 수 있다.

무던하고 해맑은 인사팀 문영종 과장님과의 점심식사는 언제나 평면적인 즐거움을 주지만, 오늘만큼 왜인지 수심이 있으시다.

"전엔 괜찮은 사람 구하는 것도, 좋은 회사에 들어가는 것도 어렵지 않았는데, 요샌 서로 흡족하게 맞는 경우가 없네… 참…"

대기업, 중소기업, 신입, 경력직간 구조적 미스매치는 극심하고 꾸준하게 격화되어 왔다. 대기업은 숙달된 경력직을 원하고, 중소기업에 가서 기꺼이 일할 사람은 없다. 능력 있는 경력직은 눈이 높고, 능력 없는 신입은 갈 곳이 없다.

"일찍 들어오길 다행이지, 요새 시장에선 못 버텼을 것 같네…"

실제로 문 과장님은 스물 아홉에 결혼해서 애가 둘이시니, 취업이든 결혼이든 야생의 잔혹함과 무자비함을 알 턱이 없으시다.

회사는 적절한 인재를 구하지 못하고, 구직자는 회사에 만족 못해 떠돌아다닌다. 서로의 수요와 기대가 상향 평준화되어 아구가 안 맞는 것은, 그 누구도 한발짝 희생할 마음 없는 현대의 이기심에 기인한다. 살기 편해지는 것은 고무적이고 좋은 일이지만 이기심과 개인화는 막을 수 없다. 각자 자신이 더욱 소중해진다. "내가 왜 그런 회사에 들어가서 고통받아야 해?"(= "내가 왜 그런 사람이랑 결혼해서 고통받아야 해?")

잔인한 순리이지만, 특별한 경력 없이 시장에 오래 남은 구직자는 경쟁력이 없다. 마찬가지로, 특별한 이유 없이 소개팅 시장에 오래 남은 사람은 특별한 이유가 있는 것으로 해석된다. 속히 '하자 있는 사람'으로 보이기도 한다.

더불어, 시장에 오래 남을수록 장기 체류자의 오기라는 것이 발현된다. '이왕 이렇게 된 거, 제대로 된 사람과 만나 탈출하겠다.' 제대로 된 사람 찾는다고 칼 갈아 날카롭게 서로를 평가하면, 시장은 더욱 잔혹해져 칼춤의 오징어 게임이 될 뿐이다.

고용시장이 미국처럼 유연해진다고 하면, '계약직'은 흠이 아니다. 자신 고유의 경험의 다양화, 역량과 전문성의 개발은 오히려 최근의 트렌드에 가깝다. 한 군데 쭉 눌러앉은들 얻는 게 있을까? 평생 직장이 사라지는 것처럼, 통계적으로도 결혼하지 않고 연애만 하겠다는 인구 또한 늘고 있다. 이는 어딘가에 '정규직'으로 들어가는 것('결혼')이 굳이(?)싫다는 것이다.

고정된 관념을 틀어, 나는 나의 길을 가겠다는 것이 그리 잘못된 것으로 보이지는 않는다. 관념이 고정된 게 잘

못일 뿐이지. 그럼에도 태초와 보수의 가치를 고수하는 갓 쓴 헤드헌터인 우리는, 끊임없이 서로를 연결하며 장기근속을 종용하고 있다.

헤드헌터를 통하면 공채에 비해 꽤 많은 부분이 생략된다. 자잘한 직무적성검사나, 인성검사는 헤드헌터에 대한 신뢰로 대체된다. 대신 서류와 면접전형이 매우 중요한데, 특히 서류는 꽤나 볼품 있어야 한다. 남자의 서류가 토익 700과 같은 기본 요건을 충족하려면, 슬프지만 키가 170cm 이상이 되어야 하겠고, 여자의 서류가 같은 요건을 충족하려면, 외모가 못나지 않아야 한다. 토익 점수야 올리겠지만, 키는 올릴 수 없다는 슬픈 사실은 소개팅 시장이 채용 시장보다 더욱 더 잔혹하다는 것을 보여 준다.

또, 경험상 초반부터 힘든 경우는, 이렇다 할 사진이 없는 경우다. 주선자의 눈을 아무리 믿는 대도, 멀쩡한 사진 한두 개는 필수의 예의다. 그리고 제발 얼굴 안 나온 거 들이밀지 마라, 지철이 형.

주선을 하다 보면 구력과 노하우가 생긴다. 기본적으

로 사진과 간단한 프로필(나이, 직업, 거주지, 기타 등등)이 구비되면, 누구에게 먼저 의사를 물어볼지 생각해야 한다. 회사와 구직자는 관계가 명확하지만, 남/여는 우선이 불명확하니 눈치껏 해야 한다. 주선자 입장에서는 서로의 서류를 합격시키는 것이 중대 목표이기 때문에 절차가 자연스럽도록 신경을 써야 한다.

의외지만 대체로 남자들이 까다롭다. 남자 사진과 스펙을 여자 쪽에 보내서 먼저 승낙했는데, 남자 쪽에서 사진 보고 거절하면 서로가 매우 난처해진다. 여성분들은 키만 어느 정도 통과하면 여러 가지를 종합적으로 보고 유연하게 생각하지만, 여전히 객관화되지 않은 노총각 남정네들이 제 스타일이네 어쩌네 하면서 유난이다. 거절 가능성이 높은 쪽에 먼저 물어보는 것이 좋다.

주선자 입장에선 '양자의 의사합치'가 시작이면서도 끝이다. 가장 간단해 보이면서도 어렵다. 누구에게 먼저 물어볼지 정하는 것, 불발의 가능성을 사전에 고지하는 것, 불발 시 적당한 핑계들을 미리 생각해 두는 것 등이 필요하다. 최근에는 몇 년 전에 비해 서류 합격 자체부터 어려워지니 더 신경 써야 한다.

삼십 대 초반에서 중반이 될수록, 그리고 후반이 될수록, 더 방어적이고 까다로워지는 것은 사실이다. 나이 들수록 서류 반려가 빨라지는 것은, 그저 '오만과 편견' 때문일 것인데, 그럴수록 나도 오기가 생긴다. 날카로운 편견 사이를 헤집으며 서로를 연결시키는 것은 곧 성취를 창조하고자 하는 우리만의 영웅놀이다.

면접전형에는 주선자가 크게 관여할 일이 없다. 그저 자연스레 흘러갈 수 있도록, 서로의 간단한 취향이나 성격 정보정도를 제공해 줄 뿐이다. 그러고는 서로가 서로에게 잘 맞는(fit) 사람이기를 여자친구와 둘이서 곱창에 술 떠놓고 비나이다 할 뿐이다.

모뎀 기반 유니텔·천리안·나우누리, ADSL, 메가패스, 아이폰, 카카오톡, 2G, 3G, 4G, LTE, 5G, 페이스북, 인스타그램. 통신과 연결의 고도화로 이미 울릉도 방구석에서 부에노스 아이레스까지 구경할 수 있게 되었다. 이해가 딸리는 문과생은 그저 신기하고 감사할 따름이지만, 역사적으로 문명의 발달에 상승 작용만 있던 것은

아니다. 고도화된 정보 접근 편익 이면에는 '위화와 기대'라는 필연적인 부작용이 있다.

난생 만날 일도 없는 스윙스가 먹는 돈까스가 맛있어 보이고, 그의 여자친구가 예뻐 보이면서, 그가 부자인 것이 부러운 것은 나름대로 이해가 간다. 다만, 이름도 모르는 누군가의 호캉스와 오마카세, 차량과 가방에 단순 정보 제공이 아닌 외적 감정이 실린다면 그것은 '위화'일 것이고, 이 경우 인스타그램을 삭제하고 디톡스에 들어가는 것을 권장한다.

고도의 연결이 주는 '기대'는 이야기가 조금 다르다. 불과 30여 년 전 세대가 지역 사회를 벗어나지 못했다면, 지금에서는 장소와 위치의 구획과 경계가 무너져 있다. 당시라면 내가 갈 수 있는 회사 중 가장 좋은 회사는 우리 동네 한국전력공사 지사일 뿐이었을 것인데, 현세에는 아마존이든 구글이든 내 능력(경제력 포함)만 있다면 갈 수 있을 것이라는 기대가 있다. 마찬가지라면, 당시 지역 사회에서의 결혼도 더 생각할 겨를 없이 옆집 순이나 순이의 친구 영희까지가 최대 성공이었을 것이다. 반대로 지금에 와서는, 과도한 연결(connection)로 쏟아지는 정보들로 실존하지 않는 미지의 이상형 유니콘을 그리고, 마치 그가 어딘가에 있을 것이라는 무모한 기대의 싹을 심는다. 퀘퀘한 방구석 침대에서 '청담동에 살지만, 착하고 세련되게 생긴, 맏며느리감이, 나를 좋아해 주는 상상'을 하면서, 강남에 가면 모르는 사람에게 한 마디도 던지지 못하고, 막상 인스타그램의 이상형을 보더라도 '좋아요' 하나 손쉽게 누르지 못할 소시민적 손가락을 가진 사람이 갖는 기대감은 과연 효용 있는 것인가. 이를 단순히 세계관 확장이나, 가능성의 유발로 긍정 치부한다면 동의할 수 없다.

　# 연결의 고도가 무한히 확장돼 '무한한 공간 저 너머로'가 될지라도, 여자친구와 나는 홍선의 마음으로 태초의 생래적 연결을 고수할 것이다. 연결에 과금하여 영리를 취하는 소개팅 어플도, 조건에 맞추어 숨어 있는 방구석 배필을 끄집어 내 주는 결혼정보회사도 이 시장에서 분명한 효율과 합리를 가진다. 다만, "내가 아는 언니 괜찮은데, 만나 볼래?"라고 하는 제안의 구수한 인간미는 척화비를 세워 지켜 내야 한다. 타노스는 손가락으로 인

류 반을 없애려고 하지만, 우리는 손가락으로 인류 반을 재생산한다. 무감각한 통신 기술이 아닌, 움직이는 우리 엄지손가락 마디에 인류의 번영이 달려 있다.

거꾸로 가는 기차

* 영화 《메멘토》에 착안한 역순 구성.
(역순 배열이 아닌 역순 작성입니다.)

　# 혼자 앉은 오뎅바도 찬찬히 돌아보면 풍요의 전당이다. 벽면에는 평생 다 입도 못 대 볼 수백 가지의 사케나 위스키들이 줄지어 서 있는데, 지금처럼 술에 취하면 평소에는 거진 다 똑같아 보였던 병들도 유독 무엇인가 예쁘고 튀는 매력들을 각기 분출한다. 두 번째와 네 번째 상대가 나를 선택했다는 문자가 왔다. 아까 마신 와인과, 지금 마신 진로를 더하면 도합 여섯 병이 되던가? 기억할 수 없이 몽롱하다. 나만의 유니콘이 막걸리의 형상을 하고 나타난 것인가. 막걸리는 보통 허옇다. 이곳에 막걸리는 없을 것이다. 없으면 없는 것이니 집에 갈 채비를 해야 한다. 카카오택시에 총알을 달면 얼마나 빨리 날아

갈까? 계산도 못하고 나올 뻔했다.

여섯 번째 분과 일곱 번째 분을 적어서 보낸다. '세 명을 적으랬는데…' 모르겠고, 없다. 급히 달려간 화장실에도 한숨만 푹푹 쉬다 나온다. 집에 가고 싶다. 세상이 빙글 돌면서 저하되는 뇌 기능이 오히려 또렷하게 동작할 때가 있다. "아 세 번째 분을 적었어야 했는데." 하면서 렉 걸린 사고 회로를 탓하면서, 강제 뱃속으로 흡입된 2리터가량의 시뻘건 액체마저 비난의 대상이 된다.

세 번째 분은 분명히 '산의 녹음보다 바다의 청량을 좋아하고', '티키타카가 잘 되는 털털한 성격'에, '스릴러 영화와 밴드 음악을 좋아하는데', '야장에서 안분지족할 풍류를 지니고 있으며, 그때 N성향으로 대화의 풍미를 가할 수 있고', 외모는 '하얗고 착하게 생긴 무쌍'이었다. '같은 문과에 직업도 전문성 있으니' 오히려 너무 과분한 분이 아닌가.

뒤늦게 주최에게 연락을 취해 보려고 했지만 너무 취한 나머지 이렇다할 방법이 백지롭다. 내일 생각해 보자. '어쨌든 방법이야 있겠지.' 기분이 좋으니 근처 오뎅바로 간다.

겨우 끝난 미팅은 체감 4시간가량이었는데 꼴랑 2시간이 지났다니, 이것은 오히려 기적스런 만남의 효율일까. 요즘 같은 때에 시간을 반으로 줄이는 마법은 꽤나 용한 것으로 여겨진다. 여튼, 주최측에서 종이를 주고, 맘에 드는 분 세명을 적어 귀가하라고 한다. 온몸의 온기와 냉기가 죄 빨린 나는 당장에라도 사람 없는 곳으로 탈주하고 싶다.

중반부터 고정 대응 레파토리의 내 자신을 역하게 느꼈는지, 뻘건 와인만 주구장창 먹었다. 조금만 더 버티자.

드디어 마지막 상대니, 최대한 집중과 예를 갖춰 인사한다.

'94년생, <u>약사</u>'/'ENFP', '스릴러 장르를 좋아하는 편.', '등산을 매우 좋아함.'

ENFP 성향을 대할 때는, 무조건 잘 들어 주고 호응해 줘야 한다. 나는 등산을 그다지 좋아하지 않지만, 고장난 전자두뇌로 그간 오갔던 산을 꾸역꾸역 상기해 본다. '수락산, 용마산, 계양산, 한라산.' 심지어 등반 여부도 불명확한 설악산까지 던지려다가 실체가 들통날까 겨우 입 닫았다.

그나마 스릴러 장르는 공감대가 있을 것 같아 몇 가지 던진 선택지에, 반전 스릴러보다는 호러 스릴러를 좋아한다고 해서 다시 입에 지퍼를 채웠다. 아마 롯데월드 좀비의 집에 데려간다면 매우 흔쾌해하실 것 같다.

'89년생, 금융권 종사'/'ESTJ', '취미는 밴드에서 드럼.', '재테크, 투자 공부를 즐김.' 잘 갈리는 무른 복숭아 같은 나는, 다 갈아 버리는 믹서기인 ESTJ에게 본능적인 공포를 느낀다. 헌데 이분은 너무나도 하얗고 착하게 생기신 무쌍의 순수한 외모를 아우라로 풍기고 있었기에, 공포감이 사르르 녹아 드는 것은, 아무래도 인간이 시각의 노예임을 확신케 해 준다.

반전 취미에 대한 대비는 되어 있다. 노래는 잘 못하지만 밴드 공연과 페스티벌 관람은 즐기는 편이기 때문이다. 하지만 "노래방 가는 거 좋아하세요?"라는 질문에는 대비가 안 되는 것은, 노래방 데려갈까 봐 너무 겁이 나기 때문이다.

매 테이블에 와인이 제공되는 것은 가성비가 좋다. '96년생, 대학원생'/'INTJ', '수상 액티비티, 해외 여행을 좋아함.', '집이 부자인 것 같음(?).' 인사를 나누기 전 먼 발치에서부터도 서핑 유투브 화면을 반 갈라 지를 법한 구릿빛 피부와 마른 근육을 가지고 있다. 순간 레저 관련 대학원이 뭐가 있었는지 스친다. 대학원은 모르겠으니, 해외 여행 가 봤던 곳을 죽창 생각해 내야 한다. '바르셀로나, 파리, 로마' 등 멋진 곳만 추출해서 겨우 기억해 낸다. 꾸역꾸역 게워 내어 맞춘 공감대로 15분의 대화 시간을 겨우 채워 낸다. 와인은 몇 잔이나 먹었을까. 취기가 조금씩 돈다.

'92년생, 노무사'/'ISTP', '야장을 좋아함.', '독서와 글쓰기를 좋아함.', '대구 거주.' 대구가 임시 거처는 아니었던 것이 조금은 아쉽다. 어딘가 적당히 호감 가고, 적당히 자연스러운 대화는, 머지않은 미래에 도파민이 경시되는 사회가 온다면 가장 갖고 싶은 것이 되지 않을까? 선비와 그저 자그마한 섭리와 도를 나누는 조선의 티키타카는 꽤 유별나게 흥미롭지만, 이제 지구력이 떨어진다. 와인이 필요하다.

'95년생, 의류 디자이너'/'ENFP', '페스티벌 좋아함.', '테니스와 스킨스쿠버를 좋아함.', '남사친 많음.' 하얗고 수수한 외모가 먼저 눈에 들어온다. 상대 눈에 내가 어떻게 보이는지 생각할 겨를 없이, 미리 준비한 레퍼토리로 대응한다. "최근에는 무슨 페스티벌 가셨어요?", "뷰티풀 그랜드 라이프 펜타 플래닛 페스티벌이요." 분명 제대로 못 들었지만, 괜스레 알아들은 척 오기를 부려 본다.

이미 시각 외 감각은 대부분 마비되었다. 잘 보이고 싶으니, '테니스'로 대화를 이어 가야겠다. 구력을 물어본다. "저, 한 5년쯤 됐어요. 지철 님은요?"라는 물음에 괜한 거짓말이 튀어나온다. "저도 한 6개월은 배워 본 것 같긴 해요…!"라는 답은 아마 과중한 텐션을 무마하기 위해서였을까? 상대의 패션에 관한 멋진 일가견도 사실 내 귓볼에조차 못 미치는 이야기다.

'88년생, 변호사'/'ISTJ', '공대에서 전과함.', '낚시를 좋아하는 편.', '부동산에 관심이 많음.' 나이가 적힌 카드지를 못 받았다면 가늠할 수 없었던 정도의 동안 외모였다. 다만, 대화가 흥미롭지 않은 것은 비단 4살의 연상

연하 나이 차이인 것만 같지는 않고, 바라는 특별한 이상형이 있는 것 같다. 상대는 내 카드지를 보고 낙담한 것이며, 그 이상의 이정표는 그리기 어려웠다. 15분 중 5분은 공기만 흘렀다. 와인이 항상 옆에 있었다는 건 이제 알았다.

묘한 긴장감에 첫 테이블을 앉는다. '93년생, 화장품연구원'/'ENFP', '재미있는 대화를 좋아함.', '긍정적이고 무던한 편.' 첫 상대부터 에너지가 있다. 숫기 없는 나로선 대화를 잘 이끄는 누군가에게 묘한 이끌림을 느낀다. 이분 말에 의하면 행복은 근처에 있다고 한다. 당최 내 행복은 어디 있는지 찾아 달라고 발주하고 싶어 진다.

ENFP는 INFP를 귀여워한다는데 발산할 귀여운 구석이 없는 나로서는 총체의 혼란이 온다. 어쨌든 이 분 덕에 15분을 즐거이 보냈으니, 모종으로 연락처 교환이라도 하려던 차에 다음 테이블 이동 명령이 떨어진다.

평양냉면 입맛에 흥미를 들인 것은 동국이 형 덕분이다. 여름이건 겨울이건 미식가의 고풍을 보여 주는 것

은 형만의 고유한 곤조가 있어서일 것이고, 나는 꽤나 그것을 추종한다. 동국형의 사업 수완은 신선한 재미가 있는데, 소개팅에서 상대를 판단하는 기전에 기반한 극단적 효율 모델이 어떠해야 하는지를 생각하면, 꽤나 많은 플랫폼이 여전히 '효율'을 추구함을 인정한다.

동국이 형의 사업 모토는 '연결과 효율'에 있다. 단순한 남정네가 이성을 판단할 때 걸리는 속도가 대강 2분이라면, 2분을 모아 1시간을 마련해 준다고 했을 때 어렴풋이 30명가량을 볼 수 있다는 것이다. 내 입장에선 하루에 1명한테 기 빨리나 하루에 20명한테 기 빨리나 결국 하루에 빨리는 기는 대충 비슷할 것이니 마음이 흔들린다.

내일 진행되는 동국이 형 주최 7대7 로테이션 미팅에 나가 볼 예정이다. '출생연도와 직업'이 카드에 공개되고, 15분씩 7명을 만날 수 있다. 맘에 들지 않는 상대와 반나절 이상 마주 봐야 하는 주말의 비효율을 줄일 수 있다. 게다가, 주최자 버프로 나에게 동국이 형이 참석자 7명의 부가 정보를 주기로 했으니, 아무도 현질할 수 없는 게임에서의 비밀 아이템도 얻었다.

"야, 지철아. 내가 그날 오는 분들 취미 다른 특징 같은 거 대충 적어서 줄게. 대화 잘 할 수 있게 대비해 와. 아, MBTI도 물어봐서 줄게, 그거 좋아하잖아. 꼴랑 15분 정도 연기 못 하겠어? 열심히 해 봐. 7명 중에 괜찮은 사람 하나는 있겠지."

나는 동국이형의 부가 정보를 전설의 비기마냥 받아들고, 각기 다른 7개의 가면을 준비한다. 외선순환 열차로 한번 돌다가, 개찰구 건너 내선순환 열차로 갈아탈 적엔 설렘이 있다. 7개역만 더 찍으면 이번엔 왠지 종착역이 있을 것 같다. 삼성동은 조금 멀지만 만반한 가치가 있다.

캡틴 아메리카

"한지철, 주말 일정 읊어 봐."라는 누나의 카톡 단문 장에 까먹은 약속이나 만날 사람이 없었는지 이십 분가량 머리를 싸매고는, 어쩔 수 없이 "별거 없는데, 왜?"라고 답한다. "그럼 나랑 성수동 좀 가자. 토요일 두 시!", 누나의 억압 굴레를 벗어나지 못한 것은 유년기와 다르지 않다. 경험에 비출 때, 성수동 카페를 돌며 프사용 사진을 500장 정도 찍게 하고 꼴랑 5만 원을 쥐여 주거나, 노포에서 이별의 대서사시를 무정연하게 풀어 내고는 3차까지 쐈으니 됐다면서 홀연히 떠날 계획일지도 모른다. 그래도 요새는 백화점 가서 물건 찾아오라는 명령은 하달되지 않는다. 피붙이인 걸 어쩐담. 혈연 봉사의 정신으로 임한다.

성수동 벽돌건물에 핑크핑크한 팝업스토어가 열렸다. 한글 20,000포인트 정도되는 대문 글씨로, '지금 저장소'

라고 쓰여 있는데, 당최 뭘 저장한다는 건지 궁금하기는 하다. 핑크 세상에 웬 어른들이 감자탕집에나 있는 어린이용 볼 풀에서 공놀이를 하고 있다. '지금 당신에게 가장 소중한 가치'에 해당하는 공을 주워 가장 많이 담아오는 것이 목표인 프로그램이다. 사랑(빨강), 우정(초록), 성장(노랑), 자유(파랑), 건강(흰). 나는 푸른색 자유 외에는 다른 공은 눈에 영 들어오지 않았다. 남매가 연신 발을 풉풉거리며 공 줍는 꼴이 꽤나 우스웠지만, 역시 봉사가 마냥 쉬울 리 없다.

다음은 '지금 레시피'라는 코너다. "나는 지금의 ＿＿＿가 소중해!"의 문장을 완성함에 있어, 4지 선다형 선택지를 총 세 개 고르면 된다. 나는 "일과 취미의 밸런스를 추구하는", "연인과 깊은 사랑을 나누는", "마음의 안정과 정신적 행복을 추구하는" 내가 소중하다는 선택지를 선택하고, 흡족하지 않은지 입만 쩝쩝거렸다. 마지막으로 핑크 포토존과 포토부스에서 기괴하고 번쩍거리는 머리띠를 쓰고 다정한 척 사진을 찍어 주면 오늘의 봉사는 끝? 일리가 없다.

미션을 완성한 교환권으로 구슬 아이스크림을 받고,

누나는 상담(?)이 있다면서 웬 방으로 끌려갔다. 유유히 인테리어와 문구를 감상하던 나는 이곳이 어딘지 너무도 늦게 알아 버렸다. "아이가 싫은 것이 아니라, 지금이 좋은 당신", "당신이 원하는 때에 아이를 갖는 기쁨을 누릴 수 있도록", "냉동 난자 및 배아 생존율 1위", "난자 냉동 얼마나 알고 있니?" 이것은 비단 누나에게만 해당될 일은 아니다.

누나는 궁금한 것이 많았는지, 30분 정도 후에서야 실루엣을 드러냈다. 검사 및 시술 과정부터 가격과 정부 지원까지 빼곡히 적힌 폰 메모장을 보여 주고는 노포 맛집 예약해 놨다며 눈짓한다.

누나의 완벽주의 성향 때문이었을까, 매형 후보들이 매번 형체 없이 사라진다. 이별택시에 올라 눈물 짤 새도 없이, 냉동난자 팝업스토어로 달려온 누나의 눈꺼풀에 난생 처음보는 초조함이 앉아 있다. 섬 출신인 우리는 항상 물이 흐르는 곳을 좋아했는데, 설마 호수공원 앞 아파트가 싫다는 가당찮은 이유로 헤어지진 않았겠지… 여차 저차 이유는 더 묻지도 않았지만 말해 주지도 않았다.

누나 안에 들어선 튼튼하고 견고한 고집의 성은 그 자

체로 위풍당당해 보이지만, 툭 건드리면 살살 무너져 내릴 정도로 부실 공사다. 남자들은 철두철미하고 빈틈없는 한지현의 성향에 끝내 나가떨어지지만, 이는 단지 자신의 유약한 본성을 숨기기 위한 방어기제일 뿐임을 난 안다. 실제로는 변덕도 심하고, 설득도 쉬운 편인데, 남들 눈에는 어째 잘 안 보이나 보다.

결혼시장에서 누나와 꼭 맞는 멀쩡한 놈 찾는 것보다, 차라리 냉동 캡틴 아메리카를 깨워서 문명을 가르치는 것이 훨씬 빨라 보이기도 한다. 어쨌든, 캡틴이 된 한지현은 짧은 이별 이야기에 이은 난자 냉동의 원리까지 5시간가량 설파하고는, 3차까지 모두 계산하고 유유히 사라졌다. 시술 전 몸 관리를 해야 하니 한동안 볼 수 없을 것이라고 했다. 누나는 생명공학을 전공했다.

최근 컨텐츠 중에서는 모 교수님의 '저속 노화'에 관한 컨텐츠가 붐이다. '시간이 흐르는 것'과 함께 '인간이 늙어 가는 것'은 필연인데, 이러한 필연을 지연시키려는 욕구가 최근 사회 초미의 관심사이기 때문이다. '필연의 지연'과 '섭리에 대한 저항'은 비단 최근만의 이야기는 아니다.

인간은 땅에서부터 일어나 직립을 시작하는 순간부터 중력이라는 범자연에 저항하기 시작했다. 달리면서 공기의 흐름에 저항함으로써 근지구력을 얻는 것, 무거운 무게를 들어 쳐 중력을 거스르고 근육을 탐하는 것, 물에 들어가 팔다리를 휘저으며 심신을 단련하는 것. 가만히 있던 자연에 도로를 철도를 만들고 동력기를 생산해 바퀴로 멀리 빠르게 움직이는 것, 걸어서 20분 걸릴 거리를 꾸역꾸역 5분 내로 가겠다고 킥보드를 굴리는 것. 자연과 공기, 물과 흙은 대체로 그대로 있고 싶어 한다. 자연에는 항상성이 있고, 관성이 있다. 오로지 인간의 욕구만이 그것에 저항한다.

공기와 물체, 중력은 견디겠지만, '시간의 흐름'은 저항할 길이 없다. 매 균일한 속도로 똑같이 가는 초침을 어찌할 도리가 없다. 단지 의식으로 모든 시간에 가치를 만들 뿐이다. '유럽 여행', '콜드플레이, 오아시스의 공연', '나만의 기념일' 등은 확정적 미래의 행복이다. 우리는 눈앞에 놓인 확정적 미래의 행복을 고대하며 시간에 가치를 부여한다. 여행을 위해 돈을 모으고, 옷을 사며, 공연

을 위해 예습을 하고, 기념일을 위해 선물을 산다. 그리고 그날을 고대하며 살아가는 하루하루에 생동을 부여해 정신승리하는 방법밖엔 없다.

그런 측면에서 냉동을 이용해 난자의 시간이라도 멈추는 것은 매우 획기적이고 사회 변혁적인 기술이다. 어째 난자만 똑 떼어서 시간을 열외시킬 수 있는지 그저 신기할 따름이다. 돼지고기 얼리는 냉동실이 인류의 번식을 위해 위대하게 쓰이고 있다.

누나의 결혼은 불확정적이고, 먼 미래이며, 행복이 아닐 수도 있겠지만, 냉동난자는 그날을 위한 것이 아닌 그날을 고대하며 흘러가는 하루들을 위한 것이다. 이것은 우리가 시간에 저항하는 방법이다.

사랑, 그 유사의 감정들은 냉동난자처럼 당시에 얼렸다가 차후 다시 해동하여 다시 똑같이 사용할 수 없다. 감정과 의식은 그 순간에만 남는다. 단지, 기록하거나 사진으로 박제하거나, 영상으로 남기는 것이 그나마의 최선일 뿐. 그 조차도 그저 현상의 복제에 불과하다.

흠뻑쇼에 가면 싸이 형님이 핸드폰 카메라를 막으면

서, "기록하지 말고, 기억하세요."라고 한다. 온전히 얼렸다가 해동할 수 없는 감흥들을 기록한다고 전전긍긍할 바에 다 때려치우고 온몸을 다해 만끽하자는 것이다. '계산 없이 사랑하라'는 말이 다시금 와닿는다.

9년 전 바르셀로나 몬주익 언덕을 저벅저벅 내려오면서 들었던, 〈Why geogia〉(John Mayer 곡)의 선율이 잊혀지지 않는다. 지금 다시 눌러도 그때의 감흥은 돌아오지 않는다. 타임머신은 없다. 오장육부가 몸부림치게끔 현재를 누리는 수밖에.

누나는 5가지 공 중, 사랑(빨강)을 택했고, "성취와 자기계발을 위해 공부에 몰두하는", "소중한 가족들과 시간을 함께 보내는", "마음의 안정과 정신적 행복을 추구하는" 자신을 택했으며, 저장하고자 한다고 했다. 결혼자금이나 잘 저장하라고 치대고 싶지만, 어련히 잘했을 한지현이기에, 축의금이나 잘 회수해서 콩고물 얻어먹게 캡틴 아메리카가 나타날 때까지 손바닥이나 비벼 봐야겠다.

* 성수동 냉동난자 팝업스토어 〈지금 저장소〉의 컨텐츠를 일부 차용하였습니다.

무한한 공간, 저 너머로!

오늘따라 유독 1호선 하행에 사람이 많다. 오뎅 가판대 근처의 매혹적인 내음도 그다지 선명하지 않다. 지하철과 사람에 끼인 나는 20분 정도를 흘려 보내고야 겨우 핸드폰을 꺼낼 수 있다.

"희정 님, 오늘 덕분에 정말 즐거웠습니다! 시간 가는 줄 몰랐어요~! 다음에 기회될 때 뵈면 좋겠네요. 좋은 분 만나셨으면 좋겠습니다!"

사실 그렇게 신이 나지도 않았고, 당연히 시간 가는 줄은 알았으며, 다음 생에라도 볼 기회는 아마 없을 것이다. 결정적으로, 처음 본 사람의 미래를 응원하는 것은, "식사하셨어요?"나 "좋은 하루 되세요." 따위의 것임을 상대도 안다. 안녕한지, 밥 먹었는지, 텅 빈 물음과 바람은 대체 왜 하는 건지 아니꼬운 반감을 들었다가 이내 놓아 버린다. "그닥 솔직하지 않아도 좋아."라고 하는 사회의 암묵적 룰이 여전히 세계 평화를 지탱한다.

 # 지난 달부터 우리 동네 인형 뽑기방에서 카드 결제가 된다. 편의가 곧 결과를 담보하지는 못한다. 한두 푼 결제가 쉬우니 도전도 많이 하지만, 애초에 실력이 없으면 한두 개도 못 건지는 건 매한가지다. 맨 구석탱이 기계 안쪽에 있는 버즈 인형이 몇 달째 망부석인데, 그거 뽑겠다고 몇십만 원은 썼으려나.

 어여쁘고 귀여운 인형들을 쌓아 놓고 카드 결제를 시키는 곳에서나, 12시가 되면 여섯 명의 새로운 소개팅 상대를 매일 보내 주는 어플에서나, 기름 떡칠된 집게를 잘 다룰 실력이 없으면 엄한 사람 꽁짜 배만 불려 주는 꼴이다. '될놈'은 그냥 '되'지 않는다. '객관화'된 실력이 있다. 오늘은 버즈고 자시고 뽑을 실력은커녕 기운도 없다.

 # 와인 페어에 가면, 오만가지 와인을 시음해 본 뒤에 꼭 맘에 드는 한두 병 정도 골라 모셔 오게 된다. 내가 와인을 선택할 뿐, 와인이 날 선택하지는 않는다. 일방향의 자본주의는 단순하다. 돈과 선택이면 된다. 하지만 소개

팅은 양방의 선택이니 다를 수밖에 없다. 내가 원하는 상대에게 내가 팔리도록 객관적인 지표를 가지고 소구해야 한다. 내가 원하지 않는 상대가 나를 가져가는 것은 또 원치 않는다. 오로지 내가 원하는 상대가 나를 사도록 해야 한다.

중요한 것은, 내가 매력적이지 않으면, 내가 원하는 시장에 노출조차 될 수 없다. 역시, 소개팅은 '거울'이다. 주선자가 날 보는 모습과 가치, 그대로 그 정도의 상대방이 내 앞에 앉아 있다. 마주하기 싫겠지만 현실이다. 대체로 자기애가 높고 자신에게 관대할 수록 소개팅 성공률이 낮다. 내가 그런 것 같다. 내겐 '리얼미 거울'이 필요하다.

*'리얼미 거울' = '일반 거울에서 좌우를 반전시켜, 남들이 나를 보는 모습 그대로를 보여 주는 거울'

세상은 요지경이지만, 연결과 연대 욕구의 자리는 굳건하다. 내 이름을 소개용으로 읊기를 여태껏 대략 70번 정도. "92년생 한지철입니다."는 말 그대로 툭 치면 나오는 내 관등성명이 되었다. 이는 외롭고 싶지 않은 마

음, 새로운 가족, 안정된 삶, 최종적 연대에 관한 내 욕구의 발로였다. 그치만 이제 지친다. 연결에 관한 모든 사람, 사회, 시스템에 신물이 난다. 더 이상 내가 원하는 것은 그런 것들이 아니다.

보관하기도 찝찝한 연락처 한 개가 띡 오면, 언제 연락하는 것이 자연스러울지 고민한다. "92년생 한지철입니다, 누구 통해 연락처를 받았습니다. 편하실 때 연락주세요."라고 복붙 멘트를 날리고는, 답이 오면 어색하지 않게 아이스브레이킹을 하고, 그날 안에 만날 장소와 날짜를 잡아야 한다. 주말이 좋은지, 평일이 좋은지, 주말이면 낮이 좋은지 저녁이 좋은지 가성비 눈치 게임을 해야 하며, 자칫 일정 때문에 3주 이상 일정을 미루려 했다간, 주선자에게 "거참, 바쁜가 보네."라는 핀잔을 들을지도 모른다. 이미 카톡, 아니 사진에서부터 서로를 넘겨 짚고 평가하고 있다.

대략 면접전형 날 일주일 전부터 가꿔야 한다. 그간 쪘던 살을 단기간에 감량해야 하고, 특히 전날에는 붓지 않도록 야식을 주의해야 한다. 이왕이면 피곤하지 않도록 잠은 푹 자 둬야 한다. 만남 장소엔 대략 30분 정도 전에 도착해 몸과 마음을 가다듬는 것이 좋으며, 상대가 불편하지 않도록, '일찍 도착했다'는 언질은 최대한 자제한다. 낮에 만나도 저녁까지, 저녁에 만나면 밤까지 있는 것이 나름 예의라고 생각한다. 낮에 카페에서 만나고 그 자리에서 1시간 만에 탈주하고자 하는 것은 추가 에너지 소모와 후폭풍을 감내해야 한다. 통상 3시간에서 4시간 정도 얘기한다.

"(저녁 6시) 저, 여기 가게에 앉아 있습니다. 천천히 오세요!"라는 카톡 바로 다음에 있는 카톡은, "(저녁 9시 30분) 즐거웠어요~ 좋은 분 만나시면 좋겠습니다!"이다. 단 한 줄 새 다른 사람이 된 나의 극명한 온도차에 마지막으로 자기 허탈감을 느끼며, 인형 뽑기를 하고 빈손으로 집에 들어오면 한 건이 종료된다.

난데없이 이상형을 물어봐 주는 것과, "소개팅 받을래?"라는 카톡은 내심 정말 고맙다. 누가 되었든 날 누구에게 소개해 줄만큼 괜찮게 봐 줬다는 거니까. 또, 이상형을 정립하면서 나를 알게 되고, 소개 덕분에 평소 만나보지 못하는 사람들과 대화하게 되는 것도 재미있는 일

이다. 아마 소개팅으로 만나지 않았더라면, 좋은 관계로 나아갔을지도 모를 사람들이다.

우리 부장님은 면접장에서 처음 뵈어서 '부장님'이지만, 산악회 총무로 만났더라면 그냥 친한 '행님'이 되었을 것이다. 때로는 우리를 에워 쌓았던 상황과 환경을 탓한다. 관계는 단독으로 존재하지 않는다.

#《토이스토리》의 버즈는 장난감인 주제에 본인이 우주 비행사인 줄 안다. 그렇게 생겼으면 나 같아도 헷갈릴 거 같긴 하다. 버즈가 그저 장난감인 자신을 자각한 때에, 모든 어린이의 꿈과 희망도 무너졌다. 나는 인형 뽑기 기계 안에서 누군가의 기름 집게를 기다릴 바에, 뛰쳐나가련다. 더 이상 상품으로서 누군가의 선택을 기다리거나, 나와 맞는 상품이 있는지 어거지로 끼워 맞추지도 않으련다. 이제 투기와 각축의 콜로세움을 벗어나고자 한다. 다음 주에는 템플스테이에 가서 그간 주선자들에게 감사를 표하고 이만 이곳을 떠나야겠다.

"무한한 공간, 저 너머로!"

71번째 소개팅

금요일 연차의 맛은 목요일 밤부터 있다. 템플스테이와 '비움'에 흥미가 돋은 나는, 내일부터 주말간 랜덤여행을 떠날까 한다. 회사 복지포인트로 서점에서 국내 여행서적을 샀다. 내일 아침 일어나자마자 책을 펼쳐 나오는 바로 그 페이지의 그곳으로 떠날 것이다. 마음의 무게가 줄면 몸도 가벼워지는지를 난생 처음 느낀다. 울릉도나 독도와 같은 곳이 나오지 않길 빌며, 호쾌하게 펼친 종잇장엔 '여수, 돌산도'가 적혀 있다. 오동도는 갔었는데, 돌산도는 처음이다. 생뚱맞지 않은 곳임에 만족하며, 어제 챙겨 둔 짐을 조금 더 묶고 가볍게 나선다.

엘리베이터 문을 닫고 내려가기 시작하는 순간, 집에 둔 폰 충전기가 떠오른다. '늦을 것도 없고 뭐, 천천히 다시 올라가야지.' 생각하는 찰나 열리는 1층 문 뒤에, 27

층 여자와 15층 아저씨가 서 있다. 15층 아저씨는 층간 소음 이슈로 한바탕 해프닝이 있었기에, 인사하는 사이다. 매번 '지난 번에 (의심해서) 죄송했다'는 눈짓과 목례를 보내곤 한다. 27층 여자는 5일 중 2일 정도 7시쯤 출근할 때 보이는데, 주로 내가 나갈 때 1층에서 올라가는 걸 보니 아마 내 출근 시간과 본인 퇴근 시간이 맞물리나 보다. 출근하는 사람이건, 퇴근하는 사람이건, 초췌하고 찌뿌둥한 얼굴은 똑같으니 피차 제대로 쳐다볼 일도 잘 없다.

셋이 한꺼번에 수직으로 들여 올려지는 차, 앞에 있던 15층 아저씨가 잠시 휘청한다. 조용하게 생긴 27층 여자가 화들짝하더니 큰 소리로 연신 "괜찮으세요??"를 외친다. 이 정도면 코드 119 수준의 다급한 외침이다. 나도 홀랑 놀라 아저씨 얼굴을 보았지만, 그저 잠깐 졸았던 아저씨는 본인이 오히려 깜짝 놀라 졸도할 뻔했다고 한다. 머쓱해진 27층 여자가 "아… 죄송합니다." 하고, 부끄러워 고개를 숙인다. 창백하고 무기력한 얼굴만 봐 와 그런지 감정이 잔뜩 실린 얼굴은 유독 다른 사람 같다.

\# 기차에서 사촌 동생 '진희'가 간호사가 되었단 소식을 엄마에게 전해 들었다. 그다음 멘트는 "간호사 좀 어떻게 소개해 달라고 할까?"일 것이 뻔했기에, "나는 이제 그 시장 하산하였소."를 공표하며 대국 봉쇄하였고, 그 즉시 고모에게 축하 메시지를 전했을 뿐이다.

\# 간호사는 매력적인 직업이다. 특히 주관의 관념으로 그렇다. 재난과 탈출 상황에서 중추의 역할을 하며 대의를 도울 것이고, 어디선가 내가 열사로 쓰러지면 세일러문처럼 나타나 소생시켜 구해 줄 것이며, 몸에 열이 오를 듯 부끄러운 일로 화끈거리면, 긴장하지 말라고 다독여 줄 것 같기 때문이다. 누군가의 생과 아픔 보듬는 것은 단순한 봉사와 희생 이상의 의미가 있다.

\# 전 연인과 함께 간 오동도는 무덥고 습해도 해맑았는데, 돌산도는 홀로라 그런지 꽤 칙칙하고 무료하다. 그런들 어떠하리. 통창이 있는 카페에 앉아 하늘 구름이나 보며 템플 마냥 카페에서도 푸근히 스테이 해 본다. 그간 지난 연인과, 다양한 직업의 소개팅 상대들. 화장품 연구

원, 의료계 종사자, 비서, 웹툰 작가, 유튜버, 공무원, 대기업, 중견기업, 중소기업, 공기업, 승무원, 필라테스 강사, 변호사, 세무사, 노무사, 약사, 간호사 등 차례로 상기해 본다. 그들의 직업과 외모 그리고 성향이 썰 거미줄로 엮이면, 막연하지만 정교한 인간 군상도(?)가 생성된다. 이 마법의 데이터만 있다면 머리 속에서 〈나는솔로〉에 버금 가는 사회 실험도 할 수 있다.

여전히 사람이 그립고, 대화는 즐겁다. 외향적이진 않지만 사람이 그리운 것. 말이 많지는 않지만, 말하기를 좋아하는 것. 굳이 짚으면, 잘 통하는 누군가와의 반짝이는 대화가 그립다. 이젠 게스트하우스 파티 같은 곳에는 와달라고 빌어도 별로 안 가고 싶지만, 호텔에서 GPT와 대화하는 것도 영 신통치 않다.

딱 적당히 쉬고 오면, 캐리어도 그리 무겁지 않다. 아스팔트에 끌리는 캐리어 바퀴 소리가 소음이 아닐 때, 여행은 성공적인 것이다. 누가 봐도 여행객이라고 광고하면서, 아무도 환대해 주지 않는 혼자 사는 집에 셀프 금의환향 하고 있다.

1층에 27층 여자가 찰나에 엘리베이터에 막 타는 것이 보인다. 뛰지도 않으면서 뛰는 시늉을 하니, 어째 5초가 지나도 엘리베이터 문이 안 닫힌다.

"아, 감사합니다." 하고 숨 찬 연기를 하며, 엘리베이터 뒤 꽁무니 구석으로 찰싹 붙었다.

"여행 갔다 오시나 봐요?"

화들짝 놀라 콩나물 에어팟을 떨어뜨린다.

"아, 네, 편의점 갔다 오세요?" 편의점에서 머리끈 뭉치를 샀나 보다.

"네, 내일은 출근하시죠?" 물음에 벌써 14층에 다다랐다.

"네, 출근해요. 인사해요~" 하고 쿨 하게 뒷모습을 드르륵거리며, 집 문을 삐비비빅 연다. 알 수 없는 잔상과 잔향은 허전함 때문인지 분간이 안된다.

내 소중한 왼쪽 콩나물은 27층 여자에게 있는 것이 확실해야만 한다. 작은 크기에 비하면 엄청난 고가를 호가하기 때문이다. 27층 여자가 왼쪽 집에 사는지 오른쪽 집에 사는지 당최 알 방법이 없으니, 내일 아침에 마주치

기를 비나이다 고대한다.

반쪽짜리 에어팟을 끼고, 문을 나서면 엘리베이터가 27층을 찍고, 24층을 찍고, 19층을 찍고, 16층을 찍고, 이내 14층에서 열린다. 다섯 명쯤 되는 502동 인파 속에서 27층 여자가 툭 튀어나온다. "이거 가져가야죠~" 하고 청량하게 웃는 것이, 퇴근길이 아닌 출근길인가 보다. 월요일 아침에 이리도 밝을 수 있나, 마치 부산에서 윤슬을 보는 그 아이의 해맑고 너털거리는 표정과 비슷했다. 꿈이 아니다.

내일은 27층 여자에게 고맙다고 해야겠다. 언젠가 다시 쓸 머리끈 뭉치도 줘야 한다.

미처 열 마디도 안되는 우리 대화가 티키타카였으면 좋겠다.

27층 여자

손민서 / 94년생 / ENFJ / 간호사

'철길부산집'을 좋아함

감사하며

한지철과 저는 다른 듯 다르지 않습니다. 들키지 않으려 애써 상당 부분 저와 다르게 설정했습니다. 저는 내향인이 아니고, 공기업에 다니지도 않으며, 71번 소개팅을 하지도 않았습니다. 글을 쓰면서 평소의 관점을 비틀어 보기도 하고, 취향을 바꾸어 보기도 했습니다. 발상을 달리하고, 뜬금없는 상상도 해 보았습니다. 그래도 의식의 본질과 자아는 감출 수 없었습니다.

결국 모든 이야기는 제가 하는 이야기이고, 『71번째 소개팅』은 고리타분한 제 인식과 상념의 끈을 조금이나마 당겨 늘여 본 연장선일 뿐입니다. 글을 쓸 때나마 다른 얼굴로 살아 보니 재미있었습니다.

그간 소재를 위해 사람들의 이야기를 참 귀 기울여 들었습니다. 모든 내용은 실례가 안 되게끔 각색하였지만, 대부분 사실에 기반합니다. 저를 위해 TMI를 뿜어 주신 모든 친구들과 지인들에게 깊이 감사드립니다.

우리네 세상은, 관념을 넓히는 만큼 풍요로워진다고

생각합니다.

꿈을 자각하면 또 다른 내가 될 수 있듯, 지철의 상념 뒤에 저를 숨겨 보았습니다.

꿈에서 깼을 때 또 다른 꿈 안이라면, 한 발짝이나마 따분하고 고달픈 현생에서 벗어날 수 있다면, 비록 그것이 잠시라도 좋겠습니다.

저는 계속해서 불분명하고 특별하지 않은 삶을 살아갈 예정입니다.

부디 이 글을 읽어 주신 분들 모두의 세계가 조금은 넓어졌기를 기원합니다.

문영종(묵곰) 올림